新视界

始于未知 去往浩瀚

王安石
诗词文选注

高克勤 —— 注

中国古典诗词文选注新编丛书

上海远东出版社

图书在版编目(CIP)数据

王安石诗词文选注/高克勤注. —上海：上海远东出版社，2023
(中国古典诗词文选注新编丛书)
ISBN 978-7-5476-1939-1

Ⅰ.①王… Ⅱ.①高… Ⅲ.①宋诗—注释②宋词—注释 Ⅳ.①I222

中国国家版本馆CIP数据核字(2023)第151190号

责任编辑 陈　娟
封面设计 徐羽心

中国古典诗词文选注新编丛书
王安石诗词文选注
高克勤 注

出　　版	**上海远东出版社**
	(201101　上海市闵行区号景路159弄C座)
发　　行	上海人民出版社发行中心
印　　刷	浙江临安曙光印务有限公司
开　　本	850×1168　1/32
印　　张	10.25
插　　页	1
字　　数	170,000
版　　次	2023年10月第1版
印　　次	2023年10月第1次印刷
ISBN 978-7-5476-1939-1/I·378	
定　　价	58.00元

导　言

糟粕所传非粹美,丹青难写是精神。

——《读史》

王安石生前写的这两句诗体现了他对历代史籍所载事实的真知灼见,饱含着他对现实生活中人物评价毁誉不一的真实感受。也许,正是由于王安石对历史的深刻了解和对现实的透彻体悟,他对自己身后的是非也有充分的估计。他的这两句诗,也是对后人关于其历史功过的记载和评价的贴切概括。

作为北宋著名的政治家、思想家、文学家,王安石不仅以其文学成就彪炳千秋,而且更以其政治革新的剧烈和思想学说的创新而影响当时。王安石首先是作为一位政治家、思想家出现在北宋的历史舞台上的。他曾两度主政,倡导变法,权倾天下,在当时的地位及对后世的影响都是历代文人难以望其项背的;也正因如此,他在生前和身后都受到了大相径庭的评价。长期以来,人们对他的政绩聚讼纷纭,争论不休;而对他的文学成就,却几乎是众口一词地给予了高度评价。

王安石,字介甫,晚号半山,抚州临川(今属江西)人。封舒国公,改封荆国公,世称"荆公"。卒谥"文",故后人又称"王文公"。他生于宋真宗天禧五年(1021),卒于宋哲宗元祐元年(1086)。他从事政治活动、学术研究和文学创作的年代,主要在仁宗、英宗、神宗三朝,也正是北宋王朝开始陷于积贫积弱境地的时期。当时,宋朝开国已近百年。自从结束了五代十国分裂割据的混乱局面之后,宋朝潜在的内外矛盾便开始暴露。国内,官僚队伍臃肿腐败,军队骄横而缺乏战斗力,土地兼并越来越严重,这一切加重了人民的苦难,导致社会矛盾日趋激化;对外,宋朝还面临着辽和西夏两个少数民族政权的侵扰。为换得边陲的暂时安定,宋朝每年要向辽、西夏输纳大量银绢作为"岁币",这一沉重的经济负担又落到广大人民的身上,更加重了人民的苦难。作为一位政治家,王安石从青年时代踏上仕途开始,就把自己的一生同宋王朝的命运密切地联系在一起。当他主政之后,更是把全部精力倾注于政治活动之中,其进退也随着由他倡导的变法运动的发展而变化。有意味的是,当新法被

导 言

推翻时,王安石也走完了他的人生道路。在中国古代历史上,几乎没有一位文学家像王安石那样与政治的关系如此密切。

王安石本人也以政治家立命,而耻以文士自名。他从小接受传统的儒家思想,立下了建功立业的大志。因此,他的文学思想也表现出政治家的色彩,宗旨在于经世致用,重道崇经。王安石强调"文章合用世"(《送董传》),"务为有补于世而已矣"(《上人书》),把文学的内容囿于"礼教治政"的范围,但并不轻视艺术形式,主张"文贵自得"(同前),以尽言其志。带有实践色彩,具有广泛的现实内容,这是王安石文论的一个特色。

王安石的诗文创作实践,虽然与他的文学主张之间存在不尽相符之处,但总的说来还是后者的具体表现。其显著特点是,题材和数量随着政治活动的发展变化而呈现出相应的发展变化。因此,按照王安石各个时期的政治活动来考察他的文学创作,能够比较清晰地看出其诗文发展变化的轨迹。

王安石步入仕途之际,正值"庆历新政"实行之时。以范仲淹等为代表的革新派,为了缓和北宋王朝面临的危机,在宋仁宗的支持下改革弊政,史称"庆历新政"。虽然这次改革由于遭到保守派的反对,不到一年就告失败;但是改革思潮仍在继续发展,对于改革的内容和方法等问题的认识也逐步深化,改革已成为社会的普遍要求。王安石深受改革思潮的影响,并与范仲淹、欧阳修等改革派领袖交往。当时的王安石,勤于学习,敏于政事。从庆历二年(1042)中进士起,到至和元年(1054)入京为官前,他转宦州县,先后担任过签书淮南节度厅判官公事、鄞县知县、舒州通判等职务。在地方官任上,他力图有所作为。如在鄞县(今属浙江)任上,他"起堤堰,决陂塘,为水陆之利;贷谷与民,立息以偿,俾新陈相易,邑人便之"(《宋史》本传)。十余年的地方官生活,锻炼了王安石的才干,为他赢得了声誉,也为他主政后推行新法积累了经验。这一时期,王安石开始了诗文创作,其中散文创作尤为活跃。揭露现实黑暗,抨击弊政,关心国事,要求改革,是他这一时期诗文的重要内容,具有强烈的现实针对性,反映了对现实生活的观察和思考。同时,他这一时期的诗文,也初步形成了自己的艺术风格。

从至和二年(1055)入京为群牧判官起,至嘉祐八年(1063)因母丧离京丁忧迄,其间除了嘉祐二年(1057)由群牧判官出知常州(今属江苏)、嘉祐三年(1058)调为江南东路提点刑狱外,王安石一直在京为官。京师和地方的官宦生活,使他对当时社会的经济、政治状况有了更深入广泛的了解,同时也使他十多年来关于改革的思考更为成熟清晰。嘉祐三年冬,他写成了一篇长达万言的雄文,这就是次年入京所献的《上仁宗皇帝言事书》。书中提出的一整套改革方案,已形成了比较完整的改革思想。王安石的改革方案虽然未能为宋仁宗所采纳,却使他在北宋政坛上崭露头角。这一时期,是王安石诗歌创作的丰收期,在内容上仍然保持着前一时期那种密切联系现实、充满改革要求的特点,在艺术风格上则有了显著的发展。他这一时期的诗,在体裁上从前一时期的多为古体,转变为古体、近体诗创作并驾齐驱;风格上也从直陈其意、唯意所向,开始渐趋含蓄,往往用比较平婉、含蓄的表达代替纯然的议论,描写亦更趋精细。这一时期的散文虽然不多,但仍保持了前一时期说理周详、议论风生的特点而又有所发展。

嘉祐八年(1063)秋,王安石因母丧回江宁(今江苏南京)。治平二年(1065)服阕后,因病未能赴京应召,遂在江宁设帷讲学。通过讲学,王安石宣传了他的改革思想,并在周围聚集了一批青年知识分子,形成以他为代表的新学学派,为后来推行新法准备了舆论和人才。治平四年(1067)正月,年仅二十岁的神宗继位。他锐意进取,起用王安石,先是任命他知江宁府,不久便召他入京为翰林学士,由此揭开了熙宁变法的帷幕。在这四年的居丧讲学时期,王安石的诗文创作都不甚活跃,但却不乏可取之作。其近体诗更注重对偶和用典,诗艺显得更为纯熟。这一时期的散文,议论色彩更趋强烈,风格上由峭刻拗折渐趋平婉温醇,更善于依经立论,引经据典。值得一提的是,王安石这时还尝试词的创作,著名的咏史词《桂枝香·金陵怀古》就作于此时。

从治平四年(1067)秋入京为翰林学士起,至熙宁九年(1076)第二次辞相回江宁迄,是王安石在北宋政坛上大显身手的时期。在宋神宗的支持下,王安石从经济、政治、军事和教育科举制度几方面,开始实行大刀阔斧的改革。熙宁二年(1069),他被任命为参知政事(副宰相),次年拜相。从此,王安石处于北宋王朝的权力中心,倾注全部精力于变法运动之中。因此他这一时期的诗文创作虽不甚活跃,而内容则和变法运动密切关联,反映了变法运动的进程,表现了王安石在急剧变动的政治风云中的复杂感情。

从熙宁十年(1077)回到江宁起,至元祐元年(1086)逝世为止,这十年王安石一直在钟山过着隐居生活。由于脱离了繁重的政治活动,王安石这时专力于诗歌创作,数量也以这个时期为最多;但散文创作却日见减少,主要是一些序文和书信。由于新法的推行遭受挫折,以及爱子王雱的早夭,脱离政坛的王安石对世事开始产生了一种超然的态度,思想也发生了一些显著变化。这一时期,他由早年的"以佛济儒",即从佛教经典中吸取可以为儒家学说所利用的观点,转变为试图向佛教寻求解脱,创作了不少充满释氏说教意味的诗文,带有虚无的色彩。

导 言

然而,作为一位曾经执着于世事的政治家,王安石毕竟未能全然遗世独立,他虽过着隐居生活,但仍心忧国是。值得一提的是,王安石这时的诗风出现了引人注目的变化。他更注重艺术推敲,讲究修辞技巧,重视诗的韵味,创作了大量雅丽精绝、脱去流俗的小诗,诗风已从充满"遒雄峭直之气"变为表现"深婉不迫之趣",对后人产生了重大的影响。

总之,王安石的诗题材广泛,而且各体皆工,尤以古体诗和绝句为人所称道。他的诗长于议论,精于修辞,主要表现为以文为诗,重视对偶和用典,对宋代诗风产生了重要的影响。他的散文体裁多样,结构谨严,析理透辟,语言简洁,笔力雄健,风格亦由峭直刚劲渐趋深婉温醇,以其杰出的成就跻名于唐宋古文八大家之列。王安石的词作数量不多,却能突破五代以来词为艳科的樊篱,在题材和表现手法等方面作了不少独创性的努力,从而在词史上赢得了一席之地。

本书选注了王安石各个时期、各种文体的代表作品,以期帮助读者了解王安石杰出的文学成就。入选作品按诗、词、文各体分列,各体作品尽可能编年,无法编年者或依"以类相从"的原则置于适当篇目之中,或置于编年部分之后,依王安石《临川先生文集》卷次排列。所选作品以《临川先生文集》为底本,并以他本参校,择善而从;遇有重要异文,则在注中说明。选注过程中,参考和吸取了前人时贤的不少研究成果,未能一一注明,谨此一并致谢。

限于水平,选注工作定有不当之处,敬请读者指正。

高克勤

目　录

001/　　　　导言

001/　　　　诗
　　　　　　赠曾子固 / 001
　　　　　　次韵和中甫兄春日有感 / 003
　　　　　　河北民 / 005
　　　　　　天童山溪上 / 007
　　　　　　秃山 / 008
　　　　　　收盐 / 011
　　　　　　鄞县西亭 / 013
　　　　　　登飞来峰 / 014
　　　　　　若耶溪归兴 / 015
　　　　　　别鄞女 / 016

王安石诗词文选注

乌塘 / 017

葛溪驿 / 018

到舒次韵答平甫 / 020

舒州七月十一日雨 / 022

题舒州山谷寺石牛洞泉穴 / 024

壬辰寒食 / 026

宣州府君丧过金陵 / 028

杜甫画像 / 029

兼并 / 032

郊行 / 035

促织 / 036

乌江亭 / 037

奉酬永叔见赠 / 039

平山堂 / 041

桃源行 / 043

明妃曲二首(其一) / 046

明妃曲二首(其二) / 048

示长安君 / 050

永济道中寄诸舅弟 / 052

白沟行 / 054

涿州 / 057

出塞 / 059

目 录

入塞 / 060

思王逢原三首(其二) / 061

试院中 / 063

详定试卷二首(其二) / 064

葛蕴作《巫山高》,爱其飘逸,因亦作两篇(其二) / 067

金陵怀古四首(其一) / 070

松间 / 072

题西太一宫壁二首(其一) / 074

夜直 / 076

元日 / 077

众人 / 079

孟子 / 081

商鞅 / 083

贾生 / 085

壬子偶题 / 087

次韵平甫金山会宿寄亲友 / 088

泊船瓜洲 / 090

登宝公塔 / 092

定林 / 094

纯甫出僧惠崇画要予作诗 / 096

后元丰行 / 100

书湖阴先生壁二首(其一) / 103

谢安墩二首(其一) / 105

两山间 / 107

半山春晚即事 / 109

雪干 / 111

金陵即事三首(其一) / 112

钟山即事 / 113

初夏即事 / 114

即事 / 115

岁晚 / 117

题舫子 / 119

棋 / 120

江上 / 121

送和甫至龙安微雨因寄吴氏女子 / 122

寄吴氏女子 / 123

木末 / 125

题齐安壁 / 126

染云 / 127

秣陵道中口占二首(其一) / 128

六年 / 129

南浦(南浦随花去) / 130

南浦(南浦东冈二月时) / 131

杖藜 / 132

北山 / 133

出郊 / 135

偶书 / 136

梅花 / 138

北陂杏花 / 139

孤桐 / 141

与舍弟华藏院此君亭咏竹 / 143

题张司业诗 / 145

读史 / 147

149/ **词**

桂枝香（登临送目）/ 149

南乡子二首(其二)（自古帝王州）/ 152

浪淘沙令（伊吕两衰翁）/ 154

菩萨蛮（数家茅屋闲临水）/ 156

生查子（雨打江南树）/ 158

谒金门（春又老）/ 159

渔家傲二首(其二)（平岸小桥千嶂抱）/ 161

千秋岁引（别馆寒砧）/ 163

165/ **文**

送孙正之序 / 165

张刑部诗序 / 170

灵谷诗序 / 174

伤仲永 / 178

同学一首别子固 / 181

上人书 / 185

答曾子固书 / 189

与马运判书 / 193

上杜学士言开河书 / 197

鄞县经游记 / 202

答姚辟书 / 205

老杜诗后集序 / 208

芝阁记 / 210

游褒禅山记 / 214

答钱公辅学士书 / 219

王逢原墓志铭 / 223

度支副使厅壁题名记 / 227

上时政疏 / 232

风俗 / 238

材论 / 244

读孟尝君传 / 251

读柳宗元传 / 254

书李文公集后 / 256

书刺客传后 / 261

孔子世家议 / 265

本朝百年无事札子 / 268

答司马谏议书 / 279

祭欧阳文忠公文 / 284

王平甫墓志 / 289

答吕吉甫书 / 293

回苏子瞻简 / 296

太古 / 299

原过 / 302

305/ **后记**

诗

赠曾子固①

曾子②文章众无有,水之江汉星之斗③。
挟才乘气不媚柔④,群儿⑤谤伤均一口。
吾语群儿勿谤伤,岂有曾子终皇皇⑥?
借令不幸贱且死,后日犹为班与扬⑦。

① 曾子固:曾巩(1019—1083),字子固,南丰(今属江西)人,北宋著名散文家。
② 曾子:指曾巩。子,古代男子的美称或尊称。
③ 江汉:长江、汉水。汉水,一称汉江,为长江最长支流。斗:北斗星。
④ 挟才:凭借才华。乘气:依仗气势而纵横驰骋。
⑤ 群儿:指诽谤中伤曾巩的人。
⑥ 皇皇:同"惶惶",心神不安的样子。

⑦ 班：指班固，字孟坚，东汉史学家，撰有《汉书》，为我国第一部断代史。扬：指扬雄，字子云，西汉哲学家、文学家，著有《太玄》《法言》等。

  与王安石一举中第、仕途一帆风顺不同，曾巩的应举之路相对较长，他直到嘉祐二年（1057）近四十岁才进士及第，开始步入仕途。庆历二年（1042），曾巩第二次入京应试落第后，回到家乡度过了十余年艰苦的耕读生活。在忍受生活困窘的同时，曾巩还遭到了时人的误解。对此，作为曾巩好友的王安石愤慨不平。庆历五年（1045）前后，王安石在给时人段缝的信中，就用事实驳斥了当时传闻对曾巩的诋毁，并对曾巩的道德品质与文学才能作出了高度评价："巩文学议论，在某交游中，不见可敌。其心勇于适道，殆不可以刑祸利禄动也。"（《答段缝书》）王安石认为这种诋毁是"愚者"对"贤者"的嫉妒和诽谤，贤者应该独立自守而"不惑于众人"。这首《赠曾子固》诗的写作背景与《答段缝书》相同，当为同时之作。王安石在诗中对曾巩的文章作了高度评价，把曾巩与汉代大学者班固、扬雄相提并论。这既是王安石对处于逆境之中的曾巩的鼓励、安慰之语，又表现出他对曾巩的深刻理解和关怀，从中也反映了王安石笃于友谊的性情。

次韵和中甫①兄春日有感

雪释沙轻马蹄疾,北城可游今暇日。
溅溅溪谷水乱流,漠漠郊原草争出。
娇梅过雨吹烂熳②,幽鸟迎阳语啾唧。
分香欲满锦树园,剪彩③休开宝刀室。
胡为我辈坐自苦,不念兹时去如失。
饱闻高径动车轮,甘卧空堂守经帙④。
淮蝗蔽天农久饿,越卒围城盗少逸⑤。
至尊深拱罢箫韶,⑥元老相看进刀笔⑦。
春风生物尚有意,壮士忧民岂无术。
不成欢醉但悲歌,回首功名古难必。

① 次韵:犹言步韵,依原诗韵脚而作。一本题无"次韵"二字。中甫:马中甫,庐江(今属安徽)人,与王安石同年进士,《宋史》卷三三一有传。
② 烂熳:烂漫。
③ 剪彩:剪裁彩帛或彩纸。旧时立春有剪彩花鸟贴屏风等处的

风俗。

④ 经帙(zhì)：经书。帙，包书的套子，因即谓书一套为一帙。

⑤ 逸：逃跑。

⑥ 至尊：至高无上的地位。古用为皇帝的代称。深拱：深居宫中，拱手不动，谓不理政事。箫韶：古乐名，传为舜帝时作。此代指音乐。

⑦ 元老：古称老臣。刀笔：指公文。

    这首七言古诗，作于王安石在扬州为淮南签判时，当时马中甫也在扬州。

    王安石在这首诗中，首先描绘了万物复苏、欣欣向荣的春日景象，但是，他并没有陶醉于此，而是想到了当时严酷的社会现实，由此发出了"春风生物尚有意，壮士忧民岂无术"的深深感叹。游春而"不成欢醉"，却感慨悲歌；明知"功名古难必"，还是想一展忧民之术，充分表明了青年王安石不甘于做庸吏，而想建功立业的雄心。

    这首诗在写作上也有特色。本诗前半写景，形象生动；后半议论，论从景出，从写景到议论的过渡极其自然。王安石的早期诗多以议论为主，本诗虽不例外，但却是将写景和议论结合得较好的作品。

河 北^① 民

河北民,生近二边长苦辛^②。

家家养子学耕织,输与官家事夷狄^③。

今年大旱千里赤^④,州县仍催给河役^⑤。

老小相携来就南^⑥,南人丰年自无食。

悲愁白日天地昏,^⑦路旁过者无颜色^⑧。

汝生不及贞观中^⑨,斗粟数钱无兵戎^⑩!

① 河北:指黄河以北地方。
② 二边:指北宋与契丹、西夏接壤的地区。长:长期。
③ 输与:送给,这里指缴税纳赋。官家:指朝廷。事:供奉。夷狄:我国古代东部、北部的两个少数民族,后用作泛称。这里指辽和西夏。
④ 千里赤:赤地千里,寸草不生。赤,空。
⑤ 州县:指地方官府。给:应承,负担。河役:治理黄河的工役。
⑥ 就南:到南方就食谋生。南,指黄河以南。
⑦ "悲愁"句意谓:百姓悲痛愁苦,在大白天也感到天昏地暗。

⑧ 无颜色：指愁容惨淡，面色苍白。
⑨ 不及：没赶上。贞观：唐太宗李世民的年号(627—649)。
⑩ 兵戎：指战争。史称贞观年间，境内大治，连年丰收，一斗米价仅三四文钱，边境太平。

　　北宋朝廷每年向契丹(后改称辽)、西夏交纳大量银绢作为"岁币"，以求苟安。这年年岁岁的沉重经济负担首先落到边境百姓身上。州县官衙敲诈勒索，百姓苦不堪言，遇到天灾，更无法生存。庆历六年(1046)，北方遭受严重旱灾，王安石时淮南签判任满，在去京师的路上感受到这一严酷的社会现象，写下了这首诗。诗中描写了北方灾民扶老携幼逃荒到南方的凄惨景象，却以"南人丰年自无食"一语反跌，从而使诗题"河北民"凸显了时代性的典型意义，深刻地抨击了朝廷对内重敛、对外屈辱的腐败政策。诗末对唐太宗"贞观之治"的向往，也表达了作者富国强兵的炽烈愿望。白居易新乐府"首句标其目，卒章显其志"的写法，在王安石的这首诗中也被运用得纯熟自如。

天童山①溪上

溪水清涟②树老苍,行穿溪树踏春阳③。
溪深树密无人处,唯有幽花渡水香④。

① 天童山:在浙江鄞县。
② 清涟:清澈而泛着涟漪。涟,涟漪,细小的水波。
③ 踏春阳:走在春日的阳光下。
④ 幽花:长在幽隐处的野花。渡水香:隔水送来阵阵花香。

这首七绝是王安石鄞县知县任上经天童山时所作。诗中描写了天童山山深林密、水流花香的幽美景色,表达了作者春游时的欢快心情。作者抓住溪边的景色特点,从溪水之清澈、溪流之幽深、溪岸树荫之浓密、溪花之清香等方面着力描绘,以点带面,突出了天童山清幽绝尘的特征。

秃　山

吏役沧海上①,瞻山一停舟。
怪此秃谁使,乡人语其由。
一狙②山上鸣,一狙从之游。
相匹③乃生子,子众孙还稠④。
山中草木盛,根实始易求。
攀挽⑤上极高,屈曲亦穷幽⑥。
众狙各丰肥,山乃尽侵牟⑦。
攘争⑧取一饱,岂暇议藏收?
大狙尚自苦,小狙亦已愁。
稍稍受咋啮⑨,一毛不得留⑩。
狙虽巧过人,不善操锄耰⑪。
所嗜⑫在果谷,得之常以偷⑬。
嗟此海山中,四顾无所投⑭。
生生未云已⑮,岁晚将安谋⑯?

① 吏役：公干，出公差。沧海：大海。

② 狙(jū)：猴子。

③ 相匹：成为配偶。匹，匹配。

④ 稠：众多。

⑤ 攀挽：攀登牵引。挽，牵，拉。

⑥ 屈曲：曲折。幽：偏僻的地方。这两句写猴子互相牵引，攀到最高处，又曲曲折折找遍每个角落，寻找食物。

⑦ 侵牟(móu)：侵夺。牟，取。

⑧ 攘(rǎng)争：争夺。攘，抢夺。

⑨ 稍稍：渐渐。咋啮(zhà niè)：啃咬。

⑩ 一毛：一根草。这两句写猴子把山上的草木全部啃光，整座山便寸草不留了。

⑪ 锄耰(yōu)：泛指农具。耰，古代一种用于平整土地和覆种的农具。

⑫ 嗜(shì)：特别的爱好。

⑬ 以：一作"似"。偷：苟且。

⑭ 无所投：没有可去的地方。投，投奔。

⑮ 生生：繁殖不息。云：语气助词，无义。已：止。

⑯ 岁晚：年终。将安谋：将如何谋生。

这是一首密切联系现实的寓言诗，从"吏役沧海上"之句，可以认定为王安石知鄞县时作。这首诗在构思上可能受唐代散文家柳宗元的名作《憎王孙文》的影响。柳文指责王孙(猴子的别称)轻狂浮躁,喧闹无序,摧折草木稼蔬,"故王孙之居山恒蒿然"。王诗的描写则更为生动,立意也更加深刻。诗中讽喻当时的大小官吏像猴子一样,不事生产,不顾公家的积累,各谋私利,巧取豪夺,弄得坐吃山空,最终必将导致国家变成一座"秃山"。柳文把王孙作为奸诈小人的象征,从道德观上着眼;王诗则把猴子作为大小官吏的象征,从生产的角度着眼,表达了作者对国家前途的忧虑。

收　盐①

州家飞符来比栉②,海中收盐今复密。

穷囚破屋正嗟欷③,吏兵操舟去复出。

海中诸岛古不毛④,岛夷⑤为生今独劳。

不煎海水饿死耳,谁肯坐守无亡逃?

尔来盗贼往往有,劫杀贾客沉其艘⑥。

一民之生重天下,⑦君子忍与争秋毫?

① 收盐:指缉拿私盐。
② 州家:州府。飞符:指紧急公文。比栉(zhì):像梳子齿那样密排着,比喻禁令之多。
③ 嗟欷(xī):叹气。
④ 不毛:不长树木和庄稼。
⑤ 岛夷:岛上的居民。夷,中国古代对东方少数民族的称呼。
⑥ 贾(gǔ)客:商人。艘:大船。
⑦ "一民"句:《孟子·公孙丑上》:"行一不义,杀一不辜,而得天下,皆不为也。"

宋朝实行盐茶专卖制,天下盐利皆归官府,严禁私人制盐贩盐,违者都要受到严厉制裁。由于赋税沉重,以至于有的百姓不得不冒生命危险从事制盐贩盐活动。鄞县靠海,当地许多百姓就是以煎煮海盐为生的。虽然官府屡下禁令,悬赏捉拿煎盐之民,但仍未能遏止事态的发展。时为鄞县知县的王安石,目睹这一事实,深感这样下去势必造成官逼民反的严重后果。为了封建国家长治久安的根本利益,庆历八年(1048),王安石毅然上书转运使,直言进谏,要求取消禁令,不应"失百姓之心",而应效法"古之君子"(《上运使孙司谏书》)。本诗就是同时之作。作者在诗中描写了海边居民的痛苦,指出了"收盐"政策的弊害,强调"一民之生重天下,君子忍与争秋毫?"这与文中表达的精神是一致的,反映出王安石继承孟子以来的儒家民本思想的传统,表现出青年王安石敢于抨击弊政、要求改革的无畏精神。此诗直陈其事,以意行之,一气贯注,描写和议论紧密结合,也表现出王安石早期诗作的特点。

鄞县西亭

收功无路去无田,^①窃食穷城度两年^②。
更作世间儿女态,乱栽花竹养风烟。

① "收功"句意谓：做官无法取得政绩,辞官归去家中又无田产。
② 窃食：指白享俸禄。穷城：指鄞县。两年：王安石于庆历七年(1047)调任鄞县知县,至皇祐元年(1049)正两年。

王安石早立大志,不安于做碌碌无为的庸官俗吏。他在鄞县任上做了不少值得称道的事情,但并不满足,觉得还是未能一展才干,无奈之下也不免栽花养竹。这首小诗就表达了他的这种心情。

登飞来峰①

飞来山上千寻②塔,闻说鸡鸣见日升。
不畏浮云遮望眼,自缘身在最高层③。

① 飞来峰:在越州(今浙江绍兴)飞来山。据史志记载,山上有塔高二十三丈,站在山上可见海上日出。
② 千寻:极言其高。寻,古代长度单位,八尺为寻。
③ "不畏"两句意谓:我不怕浮云遮住远望的视线,因为我站在塔的最高层。浮云,飘浮的云,亦用来暗喻奸佞的小人。缘,因为。

  这首诗为王安石鄞县任上过越州时所作。诗人登上飞来峰,顿觉视野开阔,胸襟宽广,由此抒发了不凡的抱负。诗的后两句寓哲理于形象,可见作者高瞻远瞩的胸怀和坚毅无畏的气概。

若耶溪①归兴

若耶溪上踏莓苔②,兴罢张帆载酒回。
汀③草岸花浑不见,青山无数逐人来。

① 若耶溪:又名浣纱溪,相传西施浣纱于此,在越州山阴县(今浙江绍兴)东南,若耶山下。
② 莓苔:青苔。
③ 汀:水中或水边平地。

这首诗也是王安石鄞县任上过越州时所作。诗写作者游若耶溪归来的感受,表达出作者欢快的心情。其中"青山无数逐人来"一句,用拟人化手法,赋予青山人的感情,作者把自己对青山的眷恋之情移为青山对自己的眷恋之情,表现出人与自然契合无间的紧密联系。

别 鄞 女

行年三十已衰翁①,满眼忧伤只自攻②。
今夜扁舟来诀汝③,死生从此各西东④。

① 行年:一作"年登",经历的年岁。这句说:自己年方三十,却已像一个衰弱的老翁了。王安石当时深感事业未成,故屡有叹老之语。
② "满眼"句:看到的一切都令我忧伤,折磨着我的心。
③ 夜:一作"泛"。扁(piān)舟:小舟。扁,小。诀:长别。汝:你。
④ 死生从此:一作"此生踪迹"。西东:西,指鄞县以西的地方,包括王安石的故乡临川和汴京(今河南开封);东,指鄞县,鄞县在浙江东部沿海,故云。

王安石在鄞县任上生有一个女儿,才一岁便不幸夭折,王安石把她葬在鄞县,称为鄞女。皇祐二年(1050),王安石鄞县任满准备西归前,特意来和爱女诀别,写下了这首充满沉痛之情的诗。

乌　　塘①

乌塘渺渺渌平堤②,堤上行人各有携③。
试问春风何处好? 辛夷如雪柘冈西④。

① 乌塘:在王安石母家金溪县(今属江西)乌石冈。
② 渺渺:水面辽阔的样子。渌(lù):清澈的水。渌,一作"绿"。
③ 携:带。
④ 辛夷:一种落叶乔木,花大,白色。花初开时苞长半寸,形似笔头,又名木笔。柘(zhè)冈:在乌石冈西二十里,其地多辛夷树。

王安石少年时期曾在乌塘住过,入仕后回临川时也常去那里看望。这首诗描写乌塘春天的景色,也寄寓了他对故乡的怀念之情。

葛溪驿①

缺月昏昏漏未央②,一灯明灭③照秋床。
病身最觉风露早,归梦不知山水长。
坐感岁时歌慷慨④,起看天地色凄凉。
鸣蝉更乱行人⑤耳,正抱疏桐叶半黄。

① 葛溪驿:在今江西弋阳县南。驿是古时供来往官员或递送公文的人暂住和换马的处所。
② 缺月:残月。漏未央:漏声未尽,意指黑夜正长。漏,漏壶,古代的计时器,壶中有刻箭,表示时辰,壶水滴漏,显示时间。
③ 明灭:忽明忽暗。
④ 岁时:时节,这里指秋天。慷慨:感慨悲凉。
⑤ 行人:作者自指。

这首七律写于宋仁宗皇祐二年(1050)作者自临川赴钱塘(今浙江杭州)途中。诗中抒写了作者的旅愁乡思。凄凉的景色,悲苦的境遇,作者以诗人的敏锐感受,引发出深切的国事之忧。由思乡到忧国,正见出王安石当时虽为小吏,但位卑不忘忧国的政治家胸襟。全诗写景真切,抒情深沉,意境深远,达到了情景合一的境界。

到舒次韵答平甫①

夜别江船晓解骖②,秋城气象亦潭潭③。

山从树外青争出,水向沙边绿半涵④。

行问啬夫⑤多不记,坐论公瑾⑥少能谈。

只愁地僻无宾客,旧学从谁得指南⑦。

① 舒:舒州,治所在今安徽潜山。平甫:王安国,字平甫,王安石的长弟,《宋史》卷三二七有传。
② 解骖(cān):指停车。骖,一车驾三马。
③ 潭潭:深邃的样子。
④ 涵:包容。
⑤ 啬夫:秦汉时的乡官,掌管诉讼和赋税。这里指汉代循吏朱邑,庐江舒县(治今安徽庐江西南)人,少时曾为舒县桐乡啬夫,《汉书》卷八九有传。
⑥ 公瑾:周瑜,字公瑾,庐江舒县(治今安徽庐江西南)人,三国时东吴名将,《三国志》卷五四有传。
⑦ 旧学:曾经从事的学业。指南:指导。

到舒次韵答平甫

这是皇祐三年(1051)王安石就任舒州通判后写给其弟平甫的一首次韵诗。王安石在诗中描绘了舒州的自然风光,抒写了自己初到舒州的感受。那城市深邃的气象和山水秀美的风光给王安石留下了美好的印象,历史上循吏和名将的传说更鼓舞人心,但是他也为当地人很少了解这些乡贤而怅惋,更为僻处小城、无人相与切磋学业而悲愁。从中,也可窥见王安石的抱负和爱好。

舒州七月十一①日雨

行看野气来方勇②,卧听秋声落竟悭③。
淅沥未生罗豆水④,苍茫空失皖公山⑤。
火耕又见无遗种⑥,肉食⑦何妨有厚颜!
巫祝万端曾不救⑧,只疑天赐雨工⑨闲。

① 一:一本作"七"。
② 野气:指野外弥漫的云气。方:正。
③ 秋声:指秋雨声。悭(qiān):吝啬。这里指雨声细小。
④ 淅沥(xī lì):象声词,形容轻微的雨声。罗豆:河流名,在舒州罗豆镇。
⑤ 苍茫:细雨迷蒙的样子。空:徒然。皖公山:又名潜山,在潜山县西。
⑥ 火耕:古代的一种耕种方法,先用火烧去杂草,然后种植杂粮或引水种稻。这里泛指种植庄稼。无遗种:指颗粒无收。
⑦ 肉食:指做官的人。
⑧ 巫祝:巫师,旧时从事降神司祭等迷信职业的人。端:头绪。这里

指方法。曾(zēng)：却。不救：无法解救。

⑨ 雨工：雨师，古代传说司降雨的神。

皇祐三年(1051)，王安石就任舒州通判后不久，即遇天旱，好不容易有一天盼来了乌云，却只下了一阵细雨，丝毫不能缓解旱情。眼看天灾日益严重，而那些厚颜无耻的官吏却依然无动于衷，作者不禁深感忧愤，写下了这首七律。诗中表达了作者对人民的深切同情和对尸位素餐的官吏的愤慨。全诗词气峻急，用词生新，颇见作者这一时期的诗作特色。

题舒州山谷寺石牛洞泉穴①

水泠泠②而北出,山靡靡③而旁围。
欲穷源而不得,竟怅望以空归。

① 诗名一作《留题三祖山谷寺石壁》。作者自注云:"皇祐三年九月十六日,自州之太湖,过怀宁县山谷乾元寺,宿。与道人文锐、弟安国拥火游石牛洞,见李翱习之书,听泉久之。明日复游,乃刻习之后。"山谷寺,一名乾元寺,为舒州皖公山(又名三祖山,为禅宗三祖僧璨隐居地)名胜,在安徽省怀宁县,怀宁时属舒州。
② 泠(líng)泠:形容水声清越。
③ 靡靡:壮丽的样子。

皇祐三年(1051)九月,王安石与友人游览舒州名胜山谷寺石牛洞,为这里的山水所吸引,又因见到唐代散文家李翱(习之)的题字,遂写了这首六言诗刻于李翱题字后。诗以极简练的笔墨勾勒出山谷寺的山水胜景,表达出作者"穷源而不得"的惆怅之情,语调闲淡,余味不尽,有楚辞风韵,以至于时人晁补之把它编入《续楚辞》,朱熹所编《楚辞集注》也把它收入《楚辞后语》。三十年后,北宋另一大诗人黄庭坚也游此,爱山谷寺山水名胜,遂自号"山谷道人",并效王安石此诗也作了一首六言诗。可见此诗在当时的影响。

壬辰寒食①

客思②似杨柳,春风千万条。

更倾寒食泪,欲涨冶城③潮。

巾发雪争出④,镜颜朱早凋⑤。

未知轩冕⑥乐,但欲老渔樵⑦。

① 壬辰:皇祐四年(1052)。寒食:节令名,在农历清明前一日或二日。
② 客思:他乡之思。思,思绪,心事。
③ 冶城:故址在今江苏南京市朝天宫附近。
④ 巾:头巾。雪:指白发。
⑤ 颜:容颜。朱:红色,常形容青春的容颜。凋:萎谢,引申为憔悴。
⑥ 轩冕(miǎn):古代公卿大夫的车服,因以指代官位爵禄。轩,古代一种前顶较高且有帷幕的车子,供大夫以上的官员乘坐。冕,礼帽,古代卿大夫以上的官员所戴,以后专指皇冠。
⑦ 老:终老。渔樵:渔人和樵夫,指代隐逸生活。

壬辰寒食

　　皇祐四年，岁当壬辰。时值寒食，王安石自舒州通判任上回江宁（今江苏南京）祭扫父亲墓，写下了这首五律。作者在诗中充分运用比喻和夸张的修辞手法，如"客思似杨柳""欲涨冶城潮"诸句，生动形象地抒发了自己扫墓思亲时的沉痛心情和羁绊官场的苦闷，流露出对隐逸生活的向往。全诗感情诚挚，笔势清雄。近人陈衍评曰："起十字无穷生清新，余衰飒太过。"（《宋诗精华录》）

宣州府君丧过金陵①

百年②难尽此身悲,眼入春风只涕洟③。
花发鸟啼皆有思,忍寻《常棣》鹡鸰诗④!

① 宣州府君:这是作者对其长兄王安仁的敬称。安仁,字常甫,曾任宣州(今安徽宣城)司户。府君,旧时子孙对其先世的敬称。金陵:江宁。
② 百年:一生,也作为死的讳称。
③ 涕洟(yí):涕泪。涕,眼泪。洟,鼻涕。
④ 忍:怎么忍心,表反诘。《常棣》鹡鸰诗:指《诗经·小雅·常棣》。诗中有"脊令在原,兄弟急难""凡今之人,莫如兄弟"等句,旧说认为是表现兄弟情谊的作品。脊令,即鹡鸰,鸟名。常棣,一作"棠棣"。

皇祐三年(1051),王安石的长兄王安仁病卒,年三十七,次年四月葬于江宁。王安石为此写了《亡兄王常甫墓志铭》,又写了这首诗表达自己悲痛的心情。诗以平易的语言起笔,触景生情,直接抒写了作者难以抑制的悲哀;又引《诗经》中表现兄弟情谊的作品,更有不忍诉说的感受,增强了悲哀的力度,诚挚感人。

杜甫画像

吾观少陵①诗,谓与元气侔②。

力能排天斡九地③,壮颜毅色④不可求。

浩荡八极⑤中,生物岂不稠⑥?

丑妍巨细千万殊⑦,竟莫见以何雕锼⑧。

惜哉命之穷,颠倒不见收⑨。

青衫老更斥⑩,饿走半九州⑪。

瘦妻僵前子仆后⑫,攘攘盗贼森戈矛⑬。

吟哦当此时,不废朝廷忧。

常愿天子圣,大臣各伊周⑭。

宁令吾庐⑮独破受冻死,不忍四海赤子寒飕飀⑯。

伤屯悼屈止一身,嗟时之人我所羞!⑰

所以见公像,再拜涕泗⑱流。

推⑲公之心古亦少,愿起公死从之游⑳。

① 少陵:指杜甫。杜甫曾居长安城南少陵附近,故自称"少陵野老",

世称"杜少陵"。

② 元气：古人所认为的世界物质本原。侔(móu)：相等。

③ 排天：开拓天宇。排，推开。斡(wò)九地：旋转大地。斡，旋转。九地，大地，极言其深。

④ 壮颜毅色：雄壮的面貌、坚毅的神色。

⑤ 八极：八方最边远的地方，指整个世界。

⑥ 稠：多而密。

⑦ 妍：美。殊：不同。

⑧ 雕锼(sōu)：刻镂。这里指杜甫诗的艺术刻画和描绘。

⑨ 颠倒：指困顿潦倒。收：接纳，这里指被朝廷任用。杜甫到四十多岁才当上"左拾遗"这样一个小官。

⑩ 青衫：指下级官吏的服装。斥：排斥，贬退。杜甫任左拾遗时，上疏得罪，被贬为华州司功参军，后又弃官而去。

⑪ 九州：泛指全中国。杜甫弃官后，曾寓居成都、夔州(今重庆奉节)等地，晚年出三峡，辗转漂泊于湖北、湖南之间，最后病死于由长沙至岳阳的小舟中。

⑫ 瘦妻：杜甫对自己妻子的称呼。僵：倒下。仆：跌倒。杜甫有一幼子因饥而卒。

⑬ 攘攘：纷乱的样子。森：密集的样子。戈矛：均为我国古代主要的兵器,这里代指战乱。

⑭ 伊：指伊尹,商朝贤相,辅佐商汤灭夏。周：指周公,姓姬,名旦,周

⑮ 庐：住所。

⑯ 飕飗(sōu liú)：风雨声。这两句诗本自杜甫《茅屋为秋风所破歌》所云："安得广厦千万间，大庇天下寒士俱欢颜，风雨不动安如山。呜呼！何时眼前突兀见此屋，吾庐独破受冻死亦足。"

⑰ "伤屯"二句：现在的人只会为个人的困厄、屈辱而伤心悲叹，我真为他们感到羞耻。屯，艰难困顿。悼，悲伤。

⑱ 涕泗(sì)：泪涕。涕，眼泪。泗，鼻涕。

⑲ 推：推想，推求。

⑳ 游：交游，游从。

宋仁宗皇祐四年(1052)，王安石在任舒州通判期间，辑录了一部唐代大诗人杜甫的诗集，并写有《老杜诗后集序》，对杜甫推崇备至。这首诗可能也是同时所作。在这首诗中，王安石推崇的是杜甫身处离乱之中，仍忧国忧民的一腔忠忱和他推己及人的博大胸怀；同时，对于杜甫一生坎坷多艰的遭遇，王安石也寄予了深切的同情。诗中还高度赞扬了杜甫高超的诗歌艺术，传神地刻画了杜甫的风貌，真切地表现了自己对杜甫的钦敬之情。其风格颇似杜甫七古之槎枒瘦硬中见浑灏之气，是历代题咏杜甫画像诗中的名篇。

兼　并

三代子百姓①,公私无异财②。

人主擅操柄③,如天持斗魁④。

赋予皆自我⑤,兼并乃奸回⑥。

奸回法有诛⑦,势亦无自来。

后世始倒持,黔首遂难裁⑧。

秦王⑨不知此,更筑怀清台⑩。

礼义日已偷⑪,圣经久埋埃⑫。

法尚有存者,欲言时所咍⑬。

俗吏不知方⑭,掊克⑮乃为材。

俗儒不知变,兼并可无摧⑯。

利孔⑰至百出,小人私阓开⑱。

有司⑲与之争,民愈可怜哉!

① 三代:指夏、商、周三个朝代。子:用作动词,意谓像对子女般爱育。

② 异财：分外的财物。
③ 人主：君主。擅：独揽，专断。操：操持，掌握。柄：权柄。
④ 斗魁：北斗七星的前四颗星称斗魁，后三颗星叫斗柄。在不同季节和晚上不同时刻，北斗七星出现的方位也不同，看起来像围绕着北极星转动。
⑤ 赋予：征收和给予，指国家财政收支。我：指君主自己。
⑥ 奸回：奸诈邪恶。
⑦ 诛：杀戮，惩罚。
⑧ 黔(qián)首：战国及秦代时对老百姓的称呼。裁：节制，管理。
⑨ 秦王：指秦始皇嬴政。
⑩ 怀清台：当时巴地(今四川省)有个名叫清的寡妇，靠垄断丹砂生产致富。秦始皇为表彰她，修筑了怀清台。
⑪ 偷：浇薄。这里是败坏、沦丧之意。
⑫ 圣经：圣人的经典，这里指讲求礼义的儒家经典。堙(yīn)埃：埋没在尘埃里。堙，埋没。
⑬ 咍(hāi)：讥笑，嗤笑。
⑭ 方：方法。
⑮ 掊(póu)克：聚敛贪狠。
⑯ 摧：摧毁，挫败。
⑰ 利孔：指生财的门路。
⑱ 小人：指奸诈之人。阖(hé)开：关闭和开启。这里指对财利的

操纵。

⑲ 有司：指主管官吏。

    这首诗作于皇祐五年(1053)，王安石当时任舒州通判。他在地方官任上，深刻地认识到当时日趋严重的土地兼并现象给百姓带来的祸害，从维护封建王朝长治久安的角度出发，在这首诗中提出了抑制兼并的主张。这首诗纯以议论行之，诗语唯其所向，虽颇深刻，却欠含蓄，显得峭直而乏韵味，表现出王安石早期五古学杜甫、韩愈而在艺术上尚欠成熟之处。

郊　行

柔桑①采尽绿阴稀,芦箔②蚕成密茧肥。
聊向村家问风俗③:如何勤苦尚凶饥④?

① 柔桑:柔嫩的桑叶。
② 芦箔(bó):用芦苇编成的养蚕工具。
③ 聊:姑且,随意。风俗:这里指日常生活的情形。
④ 凶饥:饥荒。凶,谷物不收,灾荒。

作者漫步郊外,看见乡村中蚕农辛劳忙碌却不得温饱,于是写了这首诗,对他们的境遇深表同情。末句以反诘作结,含蓄凝炼,发人深思。诗作于其地方官任上,诗意与《兼并》等作相近。

促　　织

金屏翠幔与秋宜①,得此年年醉不知。
只向贫家促机杼②,几家能有一絇③丝?

① 金屏:金色的围屏。翠幔:翠绿色的帐幔。宜:适合。这句写富人养蟋蟀的优越环境。
② 机杼(zhù):织布机,这里指织布。杼,织机上的梭子。
③ 一絇(qú):一束。絇,古时鞋头上的装饰,有孔,可以穿系鞋带。

蟋蟀的鸣声像织机的声音,仿佛在催人织布,故又名促织,这首诗即借此寓意。诗中对蟋蟀的斥责,实际上是对那些只知搜刮百姓财富、养尊处优、醉生梦死而不管民间疾苦之人的讽刺和鞭挞,是一首寓意深刻的咏物之作。诗意与《兼并》等作相近。

乌 江 亭^①

百战疲劳壮士哀,中原一败^②势难回。
江东^③子弟今虽在,肯与君王卷土来^④?

① 乌江亭:坐落在和州(今安徽和县)东北。
② 中原一败:指项羽垓下之败。项羽自秦二世元年(前209)随叔父项梁率江东子弟八千人起兵反秦后,身经百战,先与刘邦率领的起义军一起灭秦,随后自封西楚霸王,与刘邦逐鹿中原。由于他刚愎自用,渐失民心,终于在前202年被刘邦围困在垓下(今安徽灵璧县东南)。突围后,他身边仅剩二十八人,因无颜回江东而绝望自杀。
③ 江东:指长江下游南岸一带,是项羽的起兵之处。
④ 卷土来:指失败后整顿以求再起。

相传乌江亭为秦汉之际风云一时的西楚霸王项羽兵败后的自刎之处。对于这位失败的悲剧英雄,前人多为之惋惜。唐代诗人杜牧有一首《乌江亭》诗:"胜败兵家事不期,包羞忍耻是男儿。江东子弟多才俊,卷土重来未可知。"认为项羽自杀不可取,应不屈不挠,卷土重来。宋仁宗至和元年(1054)秋,王安石舒州通判任满赴京途经和州,有感于杜牧的议论,写了这首诗。诗中描述了项羽兵败后大势已去,再无回天之力的情况,认为江东子弟对项羽已经丧失信心,不会再替他效力卖命,即使他能"包羞忍耻",也无法卷土重来。王安石以一个政治家的敏锐眼光,从刘项相争的军事态势及人心向背的角度对杜牧所论提出异议,议论精警,独具只眼。

奉酬永叔①见赠

欲传道义心虽壮②,强学文章力已穷。

他日若能窥孟子③,终身何敢望韩公④!

抠衣最出诸生后⑤,倒屣常倾广坐中⑥。

只恐虚名因此得,嘉篇为赆岂宜蒙⑦。

① 永叔:欧阳修(1007—1072),字永叔,号醉翁,晚号六一居士,庐陵(今江西吉安)人。北宋著名文学家。

② 虽壮:一作"犹在"。

③ 孟子:名轲,字子舆,战国中期思想家、教育家,儒家学派的代表人物,被认为是孔子学说的继承人。

④ 韩公:韩愈(768—824),字退之,唐代著名思想家、文学家。

⑤ 抠(kōu)衣:古代的一种礼节,见到尊长时提起衣服的前襟,以示恭敬(见《礼记·曲礼上》)。诸生:指弟子。王安石在此自谦为欧阳修的弟子。

⑥ 倒屣(xǐ):形容匆匆忙忙迎接客人,以致鞋都穿反了。屣,鞋。《三国志·王粲传》载,蔡邕名重一时,而王粲时年少无闻。蔡邕于宾

客盈座时见王粲至,"倒屣迎之""一坐尽惊"。这句化用此典,写欧阳修在稠人广众中给王安石以奖掖。

⑦ 嘉篇:美好的诗篇。这里指欧阳修的赠诗。贶(kuàng):赐与。蒙:受。

    这首诗写于嘉祐元年(1056),为酬答欧阳修(永叔)的赠诗而作。此时,作者在京任群牧判官,欧阳修任翰林学士,是当时主盟文坛的领袖。他对王安石的文章才识十分欣赏,其《赠王介甫》诗云:"翰林风月三千首,吏部文章二百年。老去自怜心尚在,后来谁与子争先?朱门歌舞争新态,绿绮尘埃拂旧弦。常恨闻名不相识,相逢尊酒盍留连。"王安石在这首答诗中对欧阳修表达了钦敬之情,并表明自己要以孟轲、韩愈为榜样,"传道义""学文章"。而在"传道义"与"学文章"二者中,王安石显然是强调前者,以发扬光大儒家学说为己任,力图达到孟轲的成就;而以余力"学文章",不因达不到韩愈的成就而遗憾。这正反映出王安石置"道义"于"文章"之上的观点。此诗起句傲兀,议论从容,显示了王安石诗的风格特点。

平 山 堂①

城北横岗走翠虬②,一堂高视两三州③。

淮岑④日对朱栏出,江岫云⑤齐碧瓦浮。

墟落耕桑公恺悌⑥,杯觞⑦谈笑客风流。

不知岘首⑧登临处,壮观当时有此不⑨?

① 平山堂:在今江苏扬州市西北瘦西湖北蜀冈上。庆历八年(1048)欧阳修任扬州知州时建。因登堂远眺江南诸山,正与堂槛平齐,故名。

② 横岗:指蜀冈山,在扬州城北。翠虬:苍翠的虬龙,喻指蜀冈上苍翠的松柏。虬,古代传说中的一种龙。

③ 两三州:指可在平山堂凭高远望的扬州、润州(今江苏镇江)和真州(今江苏仪征)等地。

④ 淮岑:淮南的小山。淮,扬州时为淮南路的治所。岑,小山。

⑤ 江岫(xiù)云:江边山穴中的浮云。岫,山穴。

⑥ 墟落:村落。公:指欧阳修。恺悌:和易近人。

⑦ 觞(shāng):古代的酒器。

⑧ 岘首：山名，在今湖北襄阳市南。晋代名臣羊祜镇守襄阳时，常在此饮酒赋诗，一时传为美谈。
⑨ 不：同"否"。

这首诗作于嘉祐二年（1057）王安石出知常州路经扬州时。平山堂是欧阳修知扬州时建的一处名胜，因此，写平山堂往往要写到欧阳修。这首诗也是如此。全诗前半部分写平山堂的地理环境和登堂所见风光，表现了平山堂宏阔壮观的景象；后半部分着重写欧阳修平易近人、儒雅风流的气度，颂扬欧阳修的政绩，更引晋代名臣羊祜的故事作映衬，给欧阳修以很高的评价。而这一评价融化在全诗之中，又无突兀之感，表现出王安石评价人物极有分寸感，又很到位。

桃 源 行①

望夷宫中鹿为马②,秦人半死长城③下。

避时不独商山翁④,亦有桃源种桃者。

此来种桃经几春,采花食实枝为薪⑤。

儿孙生长与世隔,虽有父子无君臣。

渔郎漾舟迷远近,花间相见惊相问。⑥

世上那知古有秦,山中岂料今为晋。⑦

闻道长安吹战尘⑧,春风回首一沾巾。

重华一去宁复得⑨,天下纷纷经几秦?

---

① 行:古代诗歌的一种体裁,又称"歌行"。

② 望夷宫:秦朝宫名,秦朝赵高在此杀秦二世胡亥。鹿为马:史载赵高欲作乱,恐群臣不听,乃指鹿为马,凡言鹿者皆被杀。后以"指鹿为马"比喻有意颠倒黑白,混淆是非。这里用来概指秦国政治的黑暗。

③ 长城:秦始皇统一中国后,为了防御匈奴南侵,乃修筑长城。由于工程浩大,环境艰苦,死了不少人。这里用来指代秦国繁重的

劳役。
④ 时:一作"世"。商山翁:指秦末汉初隐居于商山(在今陕西商洛市东南)的东园公、甪里先生、绮里季、夏黄公四老人,史称"商山四皓"。这句本自陶渊明《桃花源诗》:"嬴氏乱天纪,贤者避其世。黄绮之商山,伊人亦云逝。"
⑤ 薪:柴火。
⑥ "渔郎"二句:本自《桃花源记》"晋太元中,武陵人捕鱼为业,缘溪行,忘路之远近,忽逢桃花林"、桃源中人"见渔人,乃大惊,问所从来"诸语。漾舟,泛舟。惊:一作"因"。
⑦ "世上"二句:本自《桃花源记》:"问今是何世,乃不知有汉,无论魏晋。"世上,指渔人。山中,指桃源中人。
⑧ 长安:西汉的首都,这里泛指中原故国。吹战尘:指发生战乱。西晋先是有"八王之乱",随后是外族入侵,终至灭亡。《桃花源记》所写是东晋时事,故此概指西汉末年以及西晋频仍的战乱。
⑨ 重华:指舜,有虞氏,名重华,为传说中上古时代的贤君。宁:岂。

这首诗作于嘉祐初年。当时作者与诗人梅尧臣唱和颇多。梅尧臣时作有《桃花源诗》,本诗可能为同时之作。

自晋末诗人陶渊明作《桃花源记》并诗,描写了桃源这样一个和平、安谧的理想境界之后,历代文人歌咏桃源之事的篇什便层出不穷。王安石的这首诗利用这一传统题材加以发挥,凭着自己的想象,作了一番再创造。全诗一反历来桃源诗以景象描写为主的传统,而主要由议论出之;作者洗削桃源传说的神话色彩,而着眼于历史的兴亡,展示一个真实存在的人间世界。诗中既表达了对乱世的不满,又道出了对"虽有父子无君臣"的淳朴平等社会的向往,反映出作者致君尧舜的理想,充分体现了政治家的诗作特点。

明妃曲①二首(其一)

明妃初出汉宫时,泪湿春风②鬓脚垂。

低徊顾影无颜色③,尚得君王不自持④。

归来却怪丹青手⑤,入眼平生未曾有⑥。

意态由来画不成,当时枉杀毛延寿⑦。

一去心知更⑧不归,可怜着尽汉宫衣⑨。

寄声欲问塞南事⑩,只有年年鸿雁飞。

家人万里传消息,好在毡城⑪莫相忆。

君不见咫尺长门闭阿娇⑫,人生失意无南北⑬。

① 明妃:王昭君,汉南郡秭归(今湖北秭归)人,名嫱,字昭君。汉元帝宫妃。晋时避晋文帝司马昭讳改称明君,后人又称明妃。她入宫数年,一直不得召见,匈奴首领呼韩邪单于入朝求和亲,自请远嫁。
② 春风:指昭君姣美的脸庞,语本杜甫《咏怀古迹》之三:"画图省识春风面。"
③ 低徊:徘徊。顾影:看着自己的影子。顾,回视。无颜色:脸上失色,面容惨淡。

④ 尚：还，仍然。君王：指汉元帝刘奭(shì)，前48—前33年在位。不自持：不能自我克制。

⑤ 丹青手：指当时的宫廷画师。丹、青，是中国画中常用的两种颜色，后作为画的代称。传说汉元帝后宫嫔妃很多，不能常见，就叫画师画像，看图召见。于是宫人多贿赂画师，王昭君不肯贿赂，所以一直未被召见。后来匈奴单于入朝求和亲，元帝看图叫昭君前去，发现她才色为后宫第一，非常悔恨。

⑥ "入眼"句意谓：像昭君这样的美貌生平从未见过。

⑦ 枉杀：冤杀。毛延寿：汉元帝的宫廷画师之一。传说汉元帝悔恨昭君出塞，便把宫廷里的画师全杀了，毛延寿也在其列。

⑧ 更：再。

⑨ 汉宫衣：汉朝宫中的衣服。

⑩ 寄声：寄个口信。塞南：边塞之南，指汉朝统治的地区。

⑪ 毡城：古代匈奴族人住在毡帐之中，故称毡城。

⑫ 咫(zhǐ)尺：比喻距离很近。周代八寸为咫。长门：汉朝宫名。阿娇：汉武帝陈皇后的小名。陈皇后失宠后被幽禁在长门宫。

⑬ 南北：匈奴地处汉朝北方地域，故称。

明妃曲二首(其二)

明妃初嫁与胡儿①,毡车百两皆胡姬②。
含情欲说独无处,传与琵琶心自知。
黄金捍拨③春风手,弹看飞鸿劝胡酒④。
汉宫侍女暗垂泪,沙上行人却回首。
汉恩自浅胡自深,人生乐在相知心。
可怜青冢已芜没⑤,尚有哀弦留至今。

① 胡儿:指匈奴首领呼韩邪单于。
② 毡车:指匈奴人的迎亲车。两:辆。胡姬:指匈奴族女子。
③ 黄金捍拨:用黄金涂饰的琵琶拨子。
④ 弹看:边弹边看。劝:勉强而饮的意思。
⑤ 青冢:指昭君墓,在今内蒙古呼和浩特市南,相传因墓上草色四季常青而名。芜没:荒芜埋没。

昭君出塞,是历代文人常用来抒发情怀的题材。前人咏昭君出塞诗,不是把昭君的悲剧命运归咎于画工毛延寿对昭君形象的丑化,就是描写昭君在绝塞孤苦伶丁的遭遇。而王安石的这两首诗却自出新意,一反前人旧说,把此事的起因直接归咎于平庸无能的汉元帝,含蓄地指责了封建统治者刚愎、愚昧和对人才的埋没、扼杀。"人生失意无南北"一句力重千钧,借昭君家人之口抒发了作者的人生感慨;同时,作者又一改昭君出塞题材中的悲哀形象,强调"汉恩自浅胡自深,人生乐在相知心"。近人陈衍评曰:"'汉恩'二句,即'与我善者为善人'意,本普通公理,说得太露耳。二诗荆公自己写照之最显者。"(《宋诗精华录》)只有作为政治家的王安石,才能写出这样大胆甚至有悖于传统诗教的诗句。两诗一气直下,情节连贯,第一首主要描写明妃离汉宫时的情形,第二首主要描写明妃在塞外的遭遇,描写和议论紧密结合。两诗不仅命意新警,而且声情激楚,哀婉动人,在艺术上取得了很高的成就。这两首诗作于嘉祐初年,在当时传诵一时,影响很大,王安石的师友欧阳修、司马光等都有和诗。

示长安君①

少年离别意非轻,老去相逢亦怆情②。
草草杯盘供笑语③,昏昏④灯火话平生。
自怜湖海三年隔,又作尘沙万里行⑤。
欲问后期何日是,寄书应见雁南征⑥。

① 长安君:王安石的大妹王文淑,为尚书比部郎中张奎之妻,封长安县君。县君,唐宋时对五品官员之母或妻的一种封号。
② 怆情:伤悲,伤感。
③ 草草:随便准备的,简单的。杯盘:指酒菜。
④ 昏昏:阴暗昏黑,指夜深人静。
⑤ 尘沙万里行:指作者出使辽国。因辽国在今河北、山西北部直至大漠以北之地,多风沙,故云。
⑥ 书:信。南征:南行,南飞。

离别是人生一大伤心事。少年时期重感情,易冲动,一旦分离就不免心情沉重;而人过中年,想到来日无多,即使相逢

示长安君

也觉伤情,更何况是离别呢?嘉祐五年(1060)正月,王安石在伴送辽国使臣回国前,写给大妹王文淑的这首诗,就抒发了这种"相见时难别亦难"的感情。这首诗不事藻饰,不用典故,在朴素的描写中传达出一段真切感人的情愫。其中对句的运用尤见灵动变化,看似即景生情、信手拈来之句,实是精心结撰之作,是王安石七律中的名篇。

永济①道中寄诸舅弟

灯火匆匆出馆陶②,回看永济日初高。
似闻空舍乌鸢③乐,更觉荒陂④人马劳。
客路光阴真弃置,春风边塞只萧骚⑤。
辛夷树下乌塘尾⑥,把手何时得汝曹⑦。

① 永济:古县名,以西滨永济渠得名。治所在今山东冠县北。
② 馆陶:县名,在河北省南部,邻接山东省。
③ 鸢(yuān):老鹰。
④ 陂(bēi):山坡。
⑤ 萧骚:萧条凄凉。
⑥ 辛夷:一种落叶乔木,花大,白色。花初开时苞长半寸,形似笔头,又名木笔。乌塘:在王安石母家金溪县(今属江西)乌石冈。
⑦ 汝曹:你等,指作者的表弟们。

嘉祐五年(1060)春,王安石奉命伴送辽国贺正旦使回国。在出使往返途中,王安石写了三四十首诗,后来还将其编为

《伴送北朝人使诗》。这首诗就是其中的一首,作于永济道中,是他寄给金溪舅家表弟们的。王安石在这首诗中简要叙述了自己旅途劳顿的情况,描写了边塞萧条凄凉的景象,抒发了自己思念故乡和亲人的感情。尾联两句感慨深挚,充满真情。乡情、亲情,对于游子来说,是永远解不开的结,王安石也是如此。

白沟①行

白沟河边蕃②塞地,送迎蕃使年年事③。
蕃马常来射狐兔④,汉兵不道传烽燧⑤。
万里钼耰接塞垣⑥,幽燕桑叶暗川原⑦。
棘门灞上⑧徒儿戏,李牧廉颇⑨莫更论。

① 白沟:故治在今河北白沟河与南拒马河汇合地白沟河镇。当时是北宋和辽的分界处,河宽才一丈多,浅狭易渡。
② 蕃(fān):通"番"。古代汉族对外族的通称,这里指契丹族建立的辽国。
③ 送迎蕃使:宋真宗景德元年(1004),宋、辽订立"澶渊之盟",划定白沟河为界,北宋每年要向辽交纳大量银绢作为"岁币",两国通使往来,故诗中云"年年事"。
④ 蕃马:指辽国骑兵。马,一作"使"。射狐兔:指射猎。这句写辽国军队常来汉地侵扰。
⑤ 不道:不认为有必要。烽燧:烽火,边防报警的信号。这句写北宋军队的轻敌麻痹。

⑥ 钼耰：两种农具，这里指代耕田。钼，同"锄"。耰，一种平整土地的农具，形如榔头。塞垣(yuán)：边墙。垣，墙。

⑦ 幽燕：指今河北北部及辽宁一带。唐以前属幽州，战国时属燕国，故名幽燕。当时沦为辽国统治区域。这里指辽国的南境。暗：遮蔽。

⑧ 棘门灞(bà)上：均为古地名。据《史记·绛侯周勃世家》载，汉文帝有一次去慰劳防备匈奴的军队，到棘门、灞上驻地，都是直驰而入；而到了周亚夫驻军的细柳，却是军容整肃，戒备森严，连皇帝也不得擅自进入。文帝感叹道："此真将军矣！曩者霸上、棘门军，若儿戏耳。"

⑨ 李牧廉颇：战国时赵国的两位名将。李牧曾大破匈奴，使匈奴人十多年不敢犯边。廉颇曾拒秦军，破燕军，战功卓著。白沟古时属赵国，故作者以此两人作比。

这首诗作于王安石伴送辽使北归途中，经过当时北宋与辽的分界处白沟。作者了解到当时边境两边辽国军队常来汉地侵扰而北宋军队却轻敌麻痹的情况；目睹了宋朝边疆一望万里，都是无险可守的农田，而辽国地区桑林密布，遮蔽着河川原野的现状。这一强烈的反差给作者以很大的震撼，诗中以南北边境地区的情况作对比，揭示出了宋朝边防松懈、无险可守，而辽国则深不可测、暗伏杀机的严峻现实。作者抚今思昔，感叹宋朝驻守边境的将官将边防当作儿戏，只是棘门、灞上那样的无能之辈，更不用说像李牧、廉颇那样的名将了。全诗表现了作者对当时普遍存在的武备废弛、边将所任非人和轻敌麻痹现象的深深忧虑，并暗寓了他对当时北宋王朝对辽委屈求和政策的不满。

涿　州①

涿州沙上望桑乾②，鞍马春风特地③寒。
万里如今持汉节④，却寻此路使呼韩⑤。

① 涿州：今属河北。
② 桑乾：桑乾河，在今河北西北部和山西北部，涿州在其南。
③ 特地：特别。
④ 持汉节：西汉苏武奉命出使匈奴，被扣留十九年，历尽艰难，矢志不屈。匈奴把他迁到北海（今贝加尔湖）边牧羊，他"杖汉节牧羊，卧起操持，节旄尽落"（《汉书·苏武传》）。后终得归汉。节，符节，古代使者所持以作凭证。
⑤ 呼韩：呼韩邪，汉代匈奴单于的名号，这里借指契丹。

王安石使辽，行至涿州而还。这首诗就是他至涿州时所作。诗的前两句描写了涿州的地理环境，点出了时令特征。后两句以汉代坚持节操、不辱使命的苏武自励，表达自己坚持民族气节的决心。两句均引用汉人故事,符合作者的身份和场景,用事而不使人觉,但又十分恰切,充分说明了作者熟谙史实和善于用典的造诣。

出　塞①

涿州沙上饮盘桓②,看舞春风小契丹。
塞雨巧催燕泪落,濛濛吹湿汉衣冠③。

① 塞:指北宋与辽交界处的边塞。
② 盘桓:徘徊,逗留。
③ 濛濛:细雨迷蒙貌。汉衣冠:指汉族士绅,即作者一行。衣冠,古代士以上戴冠,衣冠连称,是士以上的服装。

这首七绝也是王安石在涿州所作。诗的前两句描写了契丹风情,作者在主人安排的宴饮之后,观赏契丹族的青少年在春风中舞蹈。后两句切合当时情景,写边塞的细雨打在燕子身上,仿佛是燕子因思念南方故乡而落泪,又吹湿了作者一行的衣冠。燕子尚且思念故土,人更应如此。作者的想象奇特,联想丰富,充分表现了他的思乡之情。

入　塞

荒云凉雨①水悠悠,鞍马东西鼓吹休②。
尚有燕人③数行泪,回身却望塞南④流。

① 荒云凉雨:荒凉的云雨。
② 鼓吹:指礼送使者时乐队奏的乐声。休:停止。
③ 燕人:燕地居民。燕,周代古国名,在今河北北部和辽宁西端,后世称此为燕地。这里指被辽国占据的北方土地。
④ 塞南:边塞以南,指中原故国。

这是王安石伴送辽使北归途中创作的一首七绝。前两句描写两国官员至边塞分手,各奔东西时,因使者已过境,所以奏乐也停止了的情景;后两句却异峰突起,捕捉到燕地居民远望故国流下热泪的动人一刻,反映了燕地百姓渴望回归祖国的心情。短短两句包蕴着如此深刻的现实内涵,是这首诗的胜处所在。

思王逢原①三首(其二)

蓬蒿今日想纷披②,冢上秋风又一吹③。
妙质不为平世得④,微言⑤唯有故人知。
庐山⑥南墮当书案,湓水东来入酒卮⑦。
陈迹可怜随手尽⑧,欲欢无复似当时。

① 王逢原:王令(1032—1059),字逢原,广陵(今江苏扬州)人。
② 蓬蒿:指墓地上的野草。纷披:散乱的样子。
③ 冢(zhǒng):坟墓。《礼记·檀弓》:"朋友之墓,有宿草而不哭焉。"意谓一年以后对于亡友可以不再哀伤哭泣了。宿草,就是隔年的草,后世专指友人丧逝的用语。这两句诗化用这个典故,暗喻亡友虽已逝一年,而自己犹未能忘怀。
④ 妙质:优秀的资质。平世:旧指清平之世,这里指当世。
⑤ 微言:指精辟深刻的言论。
⑥ 庐山:在江西九江南。嘉祐三年(1058),王安石在鄱阳任提点江东刑狱,曾邀王令前去聚会。
⑦ 湓(pén)水:源出江西瑞昌清湓山,东流经九江城下。酒卮(zhī):

古代盛酒的器皿。
⑧ 陈迹：旧事。随手：随着，紧接着。

　　王令是北宋中期一位才华横溢的青年诗人，生活贫困却不愿仕进，年仅二十八岁就不幸病逝。王安石对王令的才华和品行十分赏识，对他的早逝深感悲痛和惋惜，先后写了挽词和墓志铭，寄托自己的哀思。嘉祐五年(1060)秋，即王令卒后一年，王安石又写了三首怀念他的诗，这是其中的第二首。诗的首联用想象之笔描绘了凄凉的墓地场景，颔联由墓地联想到长眠地下的故友；颈联追忆当年一起读书饮酒时的情景，写出了王令当年豪迈的气概，欲把庐山作书案，溢水当佳酿；由此引出尾联无限的今昔之感。全诗一气贯注，读来如对故友倾诉衷肠。短短八句，熔写景、议论、回忆和感叹于一炉，表达了王安石对故友的深切思念，对人生知己难遇的怅恨，以及对天不怜才的悲愤。意蕴丰富，真挚感人。

试 院 中

少时操笔坐中庭,子墨文章①颇自轻。
圣世②选才终用赋,白头来此试诸生。

① 子墨文章:指辞赋一类讲究词藻的文章。典出汉代扬雄的《长杨赋》,赋设子墨客卿与翰林主人两人,以宾主问答敷衍成文。
② 圣世:指当时。

嘉祐六年(1061)春,北宋朝廷又举行进士考试,王安石被任命为详定官。这首诗就是他在试院中所作。王安石在诗中回忆起自己少年时在家中操笔作赋的情景,他对这类作"敲门砖"用的文章一向是看不起的。而今自己由昔日的考生成为考官,而考试的内容仍旧是赋一类不切实际的文章,不由感慨万端。诗虽短短四句,但内容十分丰富,"圣世"一句就暗含了他对当时这种选才方法的不满,这也是王安石一贯的主张。

详定试卷二首(其二)

童子常夸作赋工,暮年羞悔有扬雄①。
当时赐帛倡优等②,今日论才将相中③。
细甚客卿因笔墨④,卑于《尔雅》注鱼虫⑤。
汉家故事⑥真当改,新咏知君胜弱翁⑦。

① 扬雄(前53—18):字子云,蜀郡成都(今属四川)人,西汉著名文学家。早年所作《甘泉赋》《长杨赋》等甚有名,晚年对此颇有悔意,有"童子雕虫篆刻,壮夫不为"之语。
② 赐帛:指皇帝的赏赐。《汉书·王褒传》载,西汉王褒因善作赋而蒙汉宣帝赐帛。帛,丝织品的总称。倡优:古代以乐舞戏谑为业的艺人,社会地位十分低下,也称俳优。《汉书·枚皋传》载,枚皋善作赋而未得汉武帝重用,发牢骚说:"为赋乃俳,见视如倡。"等:等同。
③ 论才:指考核、选拔人才。将相:泛指大官。唐人重进士试,宰相之类大官多由进士出身的人担任。北宋情况亦相似。
④ 细:微小。甚:甚于。客卿因笔墨:指扬雄写的《长杨赋》。这篇

作品以翰林(笔)为主人,以子墨(墨)为客卿,以笔、墨两者对答成文。

⑤ 卑:低下。《尔雅》:西汉儒者编成的我国第一部系统性的解释字词意义的训诂书,其中有"释鱼""释虫"两类。

⑥ 汉家故事:汉朝传统的制度和做法。这里借指当时以诗赋取士的科举制度。

⑦ 君:指杨畋(tián),他当时亦任详定官,与王安石有诗唱和。弱翁:魏相,字弱翁,汉宣帝时为丞相。《汉书·魏相传》载,他"好观汉故事",认为"方今务在奉行故事而已"。这两句的意思是:以诗赋取士的传统制度真应当改革;读了您新作的诗篇,知道您的见解比魏相要高明。

北宋科举以诗赋取士,阅卷官员分初考、复考、详定三级。详定试卷,就是评阅试卷、审定等第。王安石担任了嘉祐六年(1061)考试的详定官,这两首诗就作于阅卷期间,这是其中的第二首。王安石在这首诗中首先引扬雄暮年悔作辞赋的故事,显然是以扬雄自比,对自己早年不得不以诗赋入仕感到羞悔;然后从古今对比的角度,认为汉代时作赋不过是得到皇帝的一点赏赐,地位与倡优相等,而如今却要以此为选拔将相人才的方式。王安石对这种考试方法极为鄙视,认为这还不如为《尔雅》作注释,因此,他主张改革科举制度。这一设想在他日后主政时得到了实现。诗中"细甚""卑于"一联,句法兼用省略、倒装等修辞手法,尤拗峭有味。

葛蕴作《巫山高》,爱其飘逸,因亦作两篇①(其二)

巫山高,偃薄②江水之滔滔。

水于天下实至险,山亦起伏为波涛。

其巅冥冥③不可见,崖岸斗绝悲猿猱④。

赤枫青栎⑤生满谷,山鬼白日樵人遭⑥。

窈窕阳台彼神女⑦,朝朝暮暮能云雨⑧。

以云为衣月为褚⑨,乘光服暗无留阻⑩。

昆仑曾城道可取⑪,方丈蓬莱多伴侣⑫。

块独⑬守此嗟何求,况乃低回梦中语⑭。

① 葛蕴:北宋诗人,与王安石同时。《巫山高》:汉乐府诗名。葛蕴的《巫山高》是用乐府旧题创作的一首古体诗。
② 偃薄:犹卧临,迫临。
③ 冥冥:指遥空。
④ 斗绝:陡绝。猿猱:猿猴。猱,猕猴。
⑤ 赤枫青栎:指枫树和栎树。枫叶入秋而色赤,栎树色青。
⑥ 山鬼:山中的鬼怪。樵人遭:被樵夫所遇见。樵人,打柴的人。

⑦ 窈窱：美好的样子。阳台：宋玉《高唐赋》中所描写的巫山神女出没的地方。神女：传说中的巫山女神。
⑧ "朝朝"句：语本宋玉《高唐赋》："旦为朝云，暮为行雨。朝朝暮暮，阳台之下。"
⑨ 褚(zhǔ)：丝绵衣服。这句写神女的穿着，说神女是用轻云和朗月作为自己的衣裳。
⑩ 乘光服暗：不分白昼与黑夜。服，犹"乘"，使用、驾驭之意。无留阻：指来去自如、出没自由。这句写神女的行动，说神女不分白昼与黑夜都能自由出没。
⑪ 昆仑曾城：传说中神仙的住地。传说昆仑山有曾城九重，高一万一千里，上有不死之树。
⑫ 方丈蓬莱：传说中海上的两座仙山。
⑬ 块独：孤独。
⑭ 低回：俯首徘徊。梦中语：指幻梦中所讲的话，意谓不能作真。以上四句的意思是：神女本可以去昆仑、曾城遨游，也可与方丈、蓬莱等仙山上的众仙为伴；然而她块然独守在巫山，到底有何祈求？何况她只能在梦中传语，寄托自己的情感。

这首古体诗，紧扣题旨，描写了巫山的高峻凶险和其间诡异的景物，渲染了巫山神女的美丽传说。全诗以想象之笔出之,而又糅以现实的描绘,语言奇诡,风格飘逸。起句运用文章的用语与句式,气势横绝,笔力雄健,体现出王安石以文为诗的成功之处。

金陵怀古四首(其一)

霸祖孤身取二江①,子孙多以百城②降。
豪华尽出成功后,逸乐③安知与祸双?
东府旧基留佛刹④,《后庭》⑤余唱落船窗。
《黍离》《麦秀》从来事⑥,且置兴亡近酒缸⑦。

① 霸祖:指在金陵(今江苏南京)开创基业、建立霸权的历朝开国君主。孤身:形容开国君主白手起家,取得天下。二江:北宋江南东路和江南西路的简称,其地相当于今江西全部、江苏和安徽长江以南部分以及湖北的部分地区。
② 百城:泛指众多的城市。
③ 逸乐:安乐。
④ 东府:在今江苏南京市东,原为东晋简文帝为会稽王时的府第,后扩建为城。佛刹(chà):佛寺。
⑤《后庭》:陈后主所作的《玉树后庭花》曲。陈后主在位时荒淫腐败,以致亡国,故此曲被称为亡国之音。
⑥《黍离》:《诗经·王风》篇名,旧说为东周大夫行经西周故都,见宗

庙宫室尽为禾黍,因眷怀故国而作。《麦秀》:《麦秀之歌》,为殷朝旧臣路过故都,因悯伤故国而作。

⑦ 置:搁置。近酒缸:指代喝酒。

　　金陵是六朝和五代十国时南唐的故都。在这块土地上,曾经掀起过不少历史风云,留下了许多名胜古迹。王安石在这一时期常与友人一起凭吊古迹,写下不少咏史吊古之作,这组诗就可能作于当时。历来金陵怀古诗的内容大多是感慨兴亡,王安石的这组诗也不例外。但是,作为政治家的王安石,在诗中着眼的不仅是金陵的历史风云,而是从中概括出历史上一切政权盛衰兴亡的规律。"豪华"二句,正是他对历史深刻反思后得出的结论。作者熟谙史实,观察问题高屋建瓴,因而这首诗的内容高度概括精练,深刻而耐人思索。

松　间①

偶向松间觅旧题②,野人休诵《北山移》③。
丈夫出处非无意④,猿鹤⑤从来不自知!

① 松间:一本题下有注:"公自注云:被召将行作。"
② 旧题:指以前的题咏。王安石辞官家居期间,写有一些流露隐居意思的作品。
③ 野人:山野之人,即隐士,这里指作者的友人王介。《北山移》:指南齐孔稚珪所作的《北山移文》,该文假托北山(即钟山)山神之意斥责利禄熏心的假隐士。这句的意思是:隐士们不要向我诵读什么《北山移文》,我本不是一个为求官的隐士。
④ 出处:出仕和隐居。无意:没有目的。
⑤ 猿鹤:山猿野鹤。《北山移文》中有"蕙帐空兮夜鹤怨,山人去兮晓猿惊"句,王介寄王安石的诗中亦有"蕙帐一空生晓寒"的话,故王安石反其意而作答。

熙宁元年(1068),王安石应刚即位的宋神宗之召,赴京任翰林学士。在这之前,王安石多次拒绝朝廷的征召,在金陵家居。因此,他的这次出山引起了友人王介的误解,作诗嘲讽。王安石遂作此诗答之,说明自己出仕和隐居都不是盲目的,隐居不是为了求名求官,出仕也不是贪图名利,而是能有作为即出仕,不能作为即隐居。这正符合儒家"穷则独善其身,达则兼善天下"(《孟子·尽心上》)的传统理念。诗中表明他这次进京准备一展抱负、有所作为的决心。

题西太一宫①壁二首(其一)

柳叶鸣蜩②绿暗,荷花落日红酣③。
三十六陂春水④,白头想见江南。

① 西太一宫:故址在今河南开封市西八角镇。
② 鸣蜩(tiáo):鸣蝉。蜩,蝉。
③ 酣:浓透。这首诗的前两句一作"草色浮云漠漠,树阴落日潭潭"。
④ 三十六陂(bēi):池塘名,在汴京(今河南开封)附近。陂,池塘。又,江南扬州附近也有三十六陂,故诗中云"想见江南"。春水:一作"流水"。

宋神宗熙宁元年(1068),刚入京为翰林学士的王安石重游西太一宫,写下了两首题壁诗,这是第一首。作者由眼前的夏日美景,联想起江南故乡的风光,抒发了对故乡、对亲人的思念。诗的前两句抓住夏日的典型景物加以描绘,色彩极其秾丽;后两句由相同的地名,勾起了思乡思亲之念,含蓄地表达了抚今追昔的情怀。全诗情景交融,浑然天成。当时王安石得到宋神宗的重用,正值大展宏图、一酬壮志之时,但却流露出心恋江湖的犹豫和彷徨,心情相当复杂。全诗意蕴深广,言有尽而情无极。

夜　直①

金炉香尽漏声残②,剪剪③轻风阵阵寒。
春色恼人④眠不得,月移花影上栏干。

① 夜直:夜间值宿。直,通"值"。
② 金炉:铜制香炉。金,金属的通称,这里指铜。漏声:铜壶滴漏之声。漏,古代滴水计时的器具。这句写铜炉中的香已经烧尽,滴漏声也快完了,说明作者夜深不寐。
③ 剪剪:形容微风轻拂。
④ 恼人:使人烦恼,撩拨人。

宋神宗熙宁元年(1068),王安石在京任翰林学士。当时制度,翰林学士每夜一人轮值,这首诗就是值宿时所作。诗中描写了春夜院中景色,用笔细腻而能空灵,且充分运用叠词等手法,于清丽幽远之中见出一缕淡淡的寂寞之感,意境优美。

元　日①

爆竹声中一岁除②,春风送暖入屠苏③。
千门万户曈曈④日,总把新桃换旧符⑤。

① 元日：农历正月初一。
② 一岁：一年。除：去,逝去。
③ 春风：一作"东风"。屠苏：酒名,用屠苏草浸泡而成,据说饮了可辟瘟疫。旧时有元日饮屠苏酒的风俗。
④ 曈(tóng)曈：太阳初升时的样子。
⑤ 总把：一作"争插"。桃符：古时风俗,元旦用桃木板写神荼、郁垒二神名,悬挂门旁,以为能辟邪。五代时开始在桃符上题联语,后发展为春联,故也以桃符为春联的别名。

这首七绝描写元日人们喜迎佳节的情景。作者在诗中抓住了春节民俗的特征,如燃放爆竹,欢送旧年;春风送暖,饮屠苏酒;更换春联,除旧布新等。虽然是概括描写,但通篇洋溢着喜庆的基调,反映了作者开始推行新法、实行改革时的欢快心情,当是变法初期所作。诗的后两句虽描写迎新之景,但也表现了新的事物必然代替旧的事物这一规律,颇具哲理。

众　人①

众人纷纷何足竞②,是非吾喜非吾病③。
颂声交作莽④岂贤,四国流言且犹圣⑤。
惟圣人能轻重⑥人,不能铢两为千钧⑦。
乃知轻重不在彼⑧,要之美恶由吾身⑨。

① 众人:这里主要指反对新法的人。
② 竞:争,这里指争论、计较。
③ 是:这,指"众人"的议论。喜:高兴。病:担忧。
④ 莽:王莽(前45—23),字巨君,西汉元帝王皇后之侄,汉平帝时为大司马、领尚书事,权倾天下。《汉书·平帝纪》载:时"群臣奏言大司马莽功德比周公,赐号安汉公",一时"颂声并作"。后篡汉建立新朝,劳役频繁,民不聊生,遭农民起义军推翻,被杀。
⑤ 四国:指西周初管、蔡、商、奄四个诸侯国。且:姬旦,即周公,周武王之弟、成王之叔。成王幼年即位,由周公摄政,其弟管叔、蔡叔等造谣攻击他,后与商国国君武庚等起兵反周。周公东征,杀武庚、管叔,放逐蔡叔,平定叛乱。这两句的意思是:王莽虽然曾被人们

交口称颂,岂能算作贤者;周公尽管遭到四个诸侯国的流言攻击,但他还是一个圣人。

⑥ 轻重:用作动词,指正确地衡量轻重高下。
⑦ 铢(zhū)两:比喻分量轻。铢,古代重量单位,为一两的二十四分之一。千钧:比喻分量重。钧,古代重量单位,为三十斤。这两句说:只有圣人才能正确地衡量人,不会把铢两之轻当作千钧之重。
⑧ 彼:指"众人"。
⑨ 美恶:好坏,优劣。这两句说:可知衡量一个人,并不取决于"众人"的议论;是好是坏,关键取决于自身的言行。

王安石推行新法后,遭到多方面的围攻,他以"天变不足畏,祖宗不足法,人言不足恤"的精神,与反对派展开斗争。这首诗就表现了他的这种大无畏精神。作者在诗中表达了自己对"众人"议论新法的观点不与之争论、不为之喜忧的态度,并引史实,暗以古代贤相周公自比,对自己倡导并推行的新法充满了信心。诗中体现了王安石执拗不屈的个性。全诗以议论出之,多用虚字,凸显了宋诗的风格特点。

孟　子

沉魄浮魂不可招①,遗编一读想风标②。
何妨举世嫌迂阔③,故有斯人慰寂寥④。

① 沉魄浮魂:指逝去的魂魄。魂魄,古时谓人的精神灵气,人死后,魂升于天,魄入于地。不可招:指人死不能复生。招,指古代招魂的习俗。
② 遗编:指《孟子》一书。风标:犹风度、品格。
③ 举世:世上所有的人。迂阔:迂腐而不切实际。
④ 故:固,毕竟。斯人:此人,指孟子。寂寥:寂寞。

王安石对孟子这位在历史上地位仅次于孔子的儒家学派的大师十分敬仰,并以继承和发扬孟子的学术事业为己任。孟子在战国时代为宣扬儒家学说而被人目为"迂阔",正与王安石在当时为宣传改革主张而被人目为"迂阔"一样。王安石视孟子为异代知音,在这首以《孟子》为题的小诗中,他好似在与孟子晤谈:你逝去的魂魄,虽然不能再招回来;但一读你的遗著,就能想见你的风度、品格。何妨世上的人都嫌我迂阔,毕竟有你在寂寞中给我以安慰。王安石认为自己是真正理解孟子的,因此,他以孟子为自己在逆境中的精神慰藉。这首诗可能作于王安石变法遭到"众人"非议时,他以怀古来自励,在怀古诗中融入了自己的真实情感。

商　　鞅①

自古驱民在信诚②，一言为重百金③轻。
今人未可非④商鞅，商鞅能令政必行⑤。

① 商鞅(？—前338)：姓公孙，名鞅。原为卫国人，后入秦辅佐孝公变法，因功封于商，号为商君，故又称商鞅。孝公死，被诬谋反，遭车裂。
② 驱民：驱使百姓，即统治百姓的意思。信诚：诚实守信。
③ 金：古代计算货币的单位，秦以一镒(二十两)为一金。《史记·商君列传》载，商鞅准备颁布新法令，恐人不信，便先立三丈之木于国都市南门，募民有能移置北门者给予重金，以示不欺。
④ 非：否定。
⑤ 政必行：有令必行、有禁必止的意思。政，政策、法令。

商鞅是古代著名的改革家，但在北宋曾被保守派当作"刻薄寡恩"的典型而遭否定。当时反对变法的人也把王安石比作商鞅，所以王安石写了这首诗予以反击。王安石在诗中高度赞颂商鞅讲求信诚、令行禁止的治政方针,对于保守派攻击商鞅的言论作了旗帜鲜明的驳斥,反映了作者要效法商鞅、坚持改革的决心。

贾　生①

一时谋议略施行②,谁道君王薄贾生③？
爵位自高言尽废④,古来何啻万公卿⑤！

① 贾生:贾谊(前200—前168),洛阳(今属河南)人。二十余岁召为博士,一年中升至太中大夫。他主张改革政制,颇得汉文帝赏识。后遭大臣谗毁,贬为长沙王太傅,又转梁怀王太傅。怀王坠马死,他郁郁自伤以终。
② 略:大致,差不多。据《汉书·贾谊传》载,当时贾谊提出的更定法令等建议,多为文帝采纳,所谓"谊之所陈,略施行矣"。
③ 君王:指汉文帝刘恒(前179—前157在位)。薄:轻视,亏待。
④ 爵位:官爵和职位。废:弃置,废弃。
⑤ 何啻(chì):何止。啻,仅,止。公卿:泛指达官贵人。

贾谊是西汉杰出的政论家和文学家,他怀才不遇、郁郁而终的际遇,千古以来一直为人们所同情和叹惜。王安石的这首诗,纵观史实,从一个崭新的角度提出了自己独特的看法,认为贾谊能在一段时间内使皇帝采纳、施行了自己的谋略和建议，比起历史上许多身居高位而无人听从其意见的达官贵人来说，不能说是不幸的。王安石的这一看法显然高出了只把名利地位视作成功标志的粗浅看法。只要能为国谋事，实现自己的抱负，就不必在乎名利，这就是王安石的想法，也显示了一位政治家的素养。

壬子偶题①

黄尘投老倦匆匆②,故绕盆池种水红③。
落日欹眠何所忆④,江湖秋梦橹声中。

① 壬子:熙宁五年(1072)为农历壬子年。这首诗题下有作者自注:"熙宁五年东府庭下作盆池,故作。"东府是他为相时的居所。
② 黄尘:指世俗,世间。投老:到老,临老。
③ 水红:草名,生池塘草泽中。
④ 欹(qī)眠:斜躺着睡。欹,通"攲",倾斜。

这首诗作于熙宁五年。王安石自熙宁二年(1069)任右谏议大夫、参知政事、次年为相以来,一直处于北宋朝廷的权力中心,倾注全部精力于变法运动。在变法过程中,激烈复杂的斗争,使他万分疲倦。熙宁五年,他向宋神宗提出辞呈,被神宗挽留。这首诗就表达了他当时已倦于政治生活及向往江湖生活的心情。

次韵平甫金山①会宿寄亲友

天末海门横北固②,烟中沙岸似西兴③。
已无船舫④犹闻笛,远有楼台只见灯。
山月入松金破碎,江风吹水雪崩腾⑤。
飘然欲作乘桴计⑥,一到扶桑⑦恨未能。

① 金山:在今江苏镇江市西北,上有金山寺等名胜。原处于长江中,去金山靠船摆渡。至清代因泥沙淤积而与南岸相通。
② 天末:犹言天边。北固:北固山,在镇江东北。三面临江,北望海口,形势险要,故称"北固"。
③ 西兴:西兴镇,在今浙江萧山境内,是王安石旧游之地。
④ 船舫:指游船。舫,船。
⑤ 崩腾:波涛汹涌的样子。
⑥ 飘然:轻快的样子。乘桴(fú):乘着木筏。
⑦ 扶桑:神话中日出的地方。

王安石的长弟王安国,字平甫,熙宁元年(1068)赐进士及第,熙宁十年(1077)病卒。安国以诗才名闻一时,与安石唱和最多。他有《金山会宿诗寄亲友》,因此,安石作了这首次韵诗。这首诗描绘金山及其周围的壮丽景色,写出了金山的特点。首句写北固山像大海的门户横亘天边,想象奇特,给人以鲜明的印象。颈联写山上松林中透下的月光如洒下的碎金,晚风吹起江中阵阵的波涛如积雪崩落,比喻更是生动形象。如此壮丽景色,使作者突发奇想,要乘着木筏去扶桑一游,但又恨自己不能实现这一愿望。尾联的遗憾,实际上是赞叹的极致。全诗对偶精严,章法井然,毫无"次韵"之作常见的拘谨板滞之病,显示出作者深厚的艺术功力。

泊船瓜洲①

京口瓜洲一水间②,钟山③只隔数重山。
春风又④绿江南岸,明月何时照我还?

① 瓜洲:在今江苏邗江区南、大运河入长江处,位于长江北岸,是著名的古渡口。
② 京口:今江苏镇江,位于长江南岸。一水间(jiàn):隔着一道江面。这里形容舟行迅疾。
③ 钟山:紫金山,位于今江苏南京市东北郊。
④ 又:一作"自"。

宋神宗熙宁八年(1075)二月,王安石第二次拜相入京,舟次瓜洲,写下了这首诗。王安石初次拜相时,因推行新法遭到围攻,以致不得不被罢相回金陵,因此,这次复相进京,不能不使他顾虑重重。这首诗触景生情,既反映出他复相进京的喜悦心情,又表现出他对故乡的依恋,表达了希望早日身退、投老山林的心愿。

泊船瓜洲

　　这首诗看似信口而成,实际上却经过了作者的反复推敲。第三句中的"绿"字用作动词,把看不见的春风转换成鲜明的视觉形象,写出了春风的精神,极富表现力。这一字据洪迈《容斋续笔》记载,王安石在草稿上改了十几次,先后用"到""过""入""满"等字,最后才决定用"绿"字。这充分反映了王安石严谨的创作态度。

登宝公塔①

倦童疲马放松门②,自把长筇倚石根③。
江月转④空为白昼,岭云分暝⑤与黄昏。
鼠摇岑寂⑥声随起,鸦矫⑦荒寒影对翻。
当此不知谁客主,道人⑧忘我我忘言。

① 宝公塔:宝公名宝志,为南朝高僧,梁天监十三年(514)卒,葬于钟山定林寺前,梁武帝为建塔于其上,名宝公塔。塔前有寺。熙宁九年(1076),王安石子王雱卒,其祠堂就在宝公塔院。
② 童:指随行的童仆。松门:松木为门,此指寺门。
③ 筇(qióng):筇竹,可作拐杖,因称杖为筇。石根:大石的底部,这里指石壁。
④ 转:运转。
⑤ 暝(míng):日暮,夜晚。
⑥ 岑寂:寂静,寂寞。
⑦ 矫:举起,昂起。这里是振翅的意思。
⑧ 道人:得道之人。这里指守塔院的僧人。

宝公塔是王安石退居江宁后常去的地方，并留下了不少诗作。不仅是因为这里的景色可以让他忘却尘世的烦扰和纷争，感受到心灵的宁静，而且也因为这里是其爱子王雱的祠堂所在，他可以在此寄托哀思。

这首七律即作于王安石晚年，叙写作者在一个黄昏登宝公塔的所见所感。诗中描写了一派静谧而开阔的景色，表现出作者陶醉于其中而物我两忘的感受。诗中三、四两句构想新奇，极为工妙；五、六两句观察细致，描写入微，俱是王安石诗中的名句，其中动词的运用尤其出色传神，如"江月转空"之"转"、"岭云分暝"之"分"、"鼠摇岑寂"之"摇"、"鸦矫荒寒"之"矫"等。

定　林①

漱甘凉病齿②，坐旷息烦襟③。
因脱水边屦④，就敷岩上衾⑤。
但留云对宿，仍值⑥月相寻。
真乐非无寄⑦，悲虫亦好音。

① 定林：定林寺，在钟山南麓宝公塔后。
② 漱甘：用泉水漱口。甘，指泉水。凉：动词，使……凉。
③ 坐旷：坐在空旷的地方。息：平息。烦襟：烦躁的心情。襟，心怀。
④ 屦（jù）：鞋。
⑤ 就：靠近。敷：铺设。衾（qīn）：被子。
⑥ 值：逢着。
⑦ 寄：寄托。

除了宝公塔外，王安石晚年退居金陵时，还常到定林寺等处游憩，留下了不少诗作。这首诗就叙写了作者在定林寺游憩的情形。这种"枕石漱流"的行为,俨然是隐者的生活,表现出作者物我两忘的游憩之乐和旷达的襟怀。通篇即兴即事,信笔点染,若不用意,实则于闲适宁静之中寓有悲慨惆怅之意。

纯甫出僧惠崇画要予作诗①

画史②纷纷何足数,惠崇晚出吾最许③。
旱云六月涨林莽④,移我翛然堕洲渚⑤。
黄芦低摧雪翳土⑥,凫雁静立将俦侣⑦。
往时所历今在眼,沙平水澹西江浦⑧。
暮气沉舟暗鱼罟⑨,欹眠呕轧如鸣橹⑩。
颇疑道人三昧力⑪,异域山川能断取⑫。
方诸承水调幻药⑬,洒落生绡变寒暑⑭。
金坡巨然山数堵⑮,粉墨空多真漫与⑯。
濠梁崔白亦善画⑰,曾见桃花静初吐。
酒酣弄笔起春风⑱,便恐漂零作红雨⑲。
流莺探枝婉欲语,蜜蜂掇蕊随翅股⑳。
一时二子皆绝艺㉑,裘马穿羸久羁旅㉒。
华堂㉓岂惜万黄金,苦道㉔今人不如古。

① 纯甫:王安上,字纯甫,王安石的幼弟。惠崇:宋初僧人,亦称慧

崇,能诗善画。工画鹅、雁、鹭鸶,尤善画寒江远渚之类小景。

② 画史:善画的人,画家。

③ 许:推崇,赞许。

④ 涨:指云升起,弥漫。林莽:草木丛生处。

⑤ 翛(xiāo)然:无拘无束、自由自在的样子。堕:落下。洲渚(zhǔ):水中的小块陆地。

⑥ 黄芦:芦苇。低摧:憔悴的样子,这里作下垂解。雪:指芦花。翳(yì):遮蔽。

⑦ 凫(fú):野鸭。将:携同。俦侣:伴侣。这两句描述画面景物。

⑧ 澹(dàn):水波动的样子。西江浦:西江边。这里指作者故乡。

⑨ 罟(gǔ):捕鱼的网。

⑩ 欹(qī)眠:斜躺着睡。欹,通"攲",倾斜。呕轧(ōu yà):睡眠中发出的声音。鸣橹:摇橹的响声。

⑪ 道人:指惠崇。三昧力:指神奇的法力。

⑫ 断取:截取。

⑬ 方诸:一种盛水的容器。幻药:传说中用以和色着物的药,或能昼现夜隐,或能昼隐夜现。

⑭ 生绡(xiāo):未经漂煮过的丝织品,用以作画。这两句的意思是:惠崇用方诸盛水调好幻药,洒落在生绡上,便能使暑热变得清凉。

⑮ 金坡:金銮坡的省称,指翰林院。巨然:五代时南唐著名画家,工画山水。其画笔甚草草,宜远观,则景物粲然,具幽情远思。山数

堵：指巨然画在翰林院的数堵山水壁画。

⑯ 粉墨：指颜色和墨。粉，铅粉，绘画颜料。漫与：随意，不刻意求工。

⑰ 濠梁：今安徽凤阳县。崔白：北宋画家，与王安石同时，工花竹翎毛。

⑱ 酒酣弄笔：指崔白喜在酒酣之后作画。起春风：指崔白所画生机盎然。

⑲ 红雨：指桃花被春风吹落。语本唐李贺诗："桃花乱落如红雨。"（《将进酒》）

⑳ 掇(duō)蕊：指采花酿蜜。掇，采摘。随翅股：翅股相随，即一只接着一只。股，腿。

㉑ 二子：指惠崇和崔白。绝艺：超绝的技艺。

㉒ 裘马穿羸(léi)：衣服破烂，马匹瘦弱。裘，皮衣，泛指衣服。羸，瘦弱。羁旅，在异乡客居。羁，寄居。

㉓ 华堂：华丽的厅堂，指代富贵人家。

㉔ 苦道：硬说。

王安石退居江宁后，宋神宗为照顾他的生活，于熙宁十年（1077）十月特诏其弟王安上（纯甫）权发遣江南东路提点刑狱，并从饶州（今江西鄱阳）移治江宁。这首题画诗，就是王安石应纯甫之邀而作的。

纯甫出僧惠崇画要予作诗

在这首诗中,王安石围绕惠崇画展开了巧妙的构思,从不同的方面再现了惠崇的高超画艺。首两句肯定惠崇在画史上的地位,为全篇定下了基调。接着描写惠崇画巨大的艺术感染力,作者运用了通感的艺术手法,从视觉形象转移到身体感觉的描写,形象而又生动。同时,惠崇所画的景物使作者联想起往年在故乡所见之景。这一描写又说明了惠崇画描摹景物的真切。作者由此感叹惠崇的画艺犹如有法力一般,能把别处的山河截取过来,展示在画中。这里更是以想象之笔,极赞惠崇高超的画艺。在描写的基础上,作者展开了议论,对世人不识惠崇画艺而深致感叹,指责那些富贵人家竟然吝惜自己的金钱而不愿资助惠崇、崔白一类画家,反而硬说他们的画不及古人。王安石对惠崇画的评论,与他对人世的看法一致,反映了他对人才的推重和不随俗附和的艺术识见。

这首诗结构严谨,层次分明。清人方东树将这首诗分为四段,概括为"一点,一写,一衬,一双收"(《昭昧詹言》)。"一点"指开头两句的点题,"一写"指以下十二句对惠崇画的描写,"一衬"指以巨然、崔白之画来衬托惠崇,"一双收"指篇末四句以感慨作收。全诗笔力奇险,用语精练,叙写生动传神,是历代题画诗中的名作。

后元丰行①

歌元丰,十日五日一雨风②。

麦行③千里不见土,连山没云皆种黍④。

水秧绵绵复多稌⑤,龙骨长干挂梁梠⑥。

鲥鱼出网蔽洲渚⑦,荻笋肥甘胜牛乳⑧。

百钱可得酒斗许⑨,虽非社日长闻鼓⑩。

吴儿踏歌女起舞⑪,但道快乐无所苦。

老翁堑⑫水西南流,杨柳中间杙⑬小舟。

乘兴欹眠过白下⑭,逢人欢笑得无愁。

① 后元丰行:作者先已写了一首《元丰行示德逢》,故这首名《后元丰行》。元丰,宋神宗赵顼的年号(1078—1085)。
② "十日"句:风调雨顺的意思,意谓十天下一场小雨,五天吹一次和风。
③ 麦行:麦垄。行,行列。
④ 没云:蔽天的意思。黍(shǔ):黄小米,谷类的一种。
⑤ 稌(tú):稻。

⑥ 龙骨：水车。梁枆(lǔ)：屋梁和屋檐。这句意谓由于风调雨顺,水车无用,一直高挂在屋梁上。
⑦ 鲥鱼：一种肉味鲜美的鱼。蔽：遮蔽,盖满。洲渚(zhǔ)：江中沙洲。渚,水中间的小块陆地。这句写网到的鲥鱼盖满了沙洲。
⑧ 荻笋：荻的嫩芽。这句写荻笋又大又甘美,滋味胜过牛奶。
⑨ 斗许：一斗左右。
⑩ 社日：古代春秋两季祭祀社神(土地之神)之日。这一天乡间聚会,击鼓娱乐。长：常。
⑪ 吴儿：吴地的小伙子。今江苏一带古代属吴国。踏歌：用脚踏地按拍唱歌。
⑫ 堑：指护城河。
⑬ 杙(yì)：木桩。这里用作动词,指把小舟系在木桩上。
⑭ 白下：白下城,故址在金陵(今江苏南京)西北。

王安石罢相回江宁后,新法仍继续推行,成果也有所显现,元丰初年连年丰收,农村生活大有改善。王安石目睹这一切,写了不少诗加以赞颂,本诗即是其中著名的一篇。

这首诗与作者同时作的《歌元丰五首》《元丰行示德逢》等诗一样,生动形象地描绘了农村风调雨顺的欢乐景象。作者在这些诗中的描写,正是为他倡导的变法改革唱了一曲颂歌。

王安石作诗好用典,而这首诗却以白描行之,一气呵成,在纪实之中不免带有理想化的色彩,充分表达出作者欣喜万分的心情。诗末尾四句,正是作者形象的生动写照。

书湖阴先生壁二首(其一)

茅檐长扫静无苔①,花木成畦②手自栽。
一水护田③将绿绕,两山排闼送青来④。

① 茅檐:代指庭院。长:常常。静:通"净"。
② 畦(qí):田地里有土埂围着的排列整齐的小区。
③ 护田:语出《汉书·西域传》所载"置使者校尉领护"田卒。
④ 排闼(tà):推开门。闼,门。语出《汉书·樊哙传》所载樊哙"排闼直入"高祖禁中之事。这与上句均用拟人手法,写一汪溪水将田地环绕,好像在护卫着一样;两座山直闯进门,送来了青翠的山色。

湖阴先生,名杨德逢,是王安石退居金陵时的邻居,王安石写了不少诗给他,如《元丰行示德逢》等。这首七绝是王安石题在杨家屋壁上的。王安石对杨德逢的人品极为欣赏,这首诗也表达了他对杨德逢的赞赏,但这种赞美是通过景物描写曲折地表达出来的。作者要赞美主人的高洁,却着力描写杨家内外的景色,不写人而写山水,其实是以山水喻人,将自然景物与具体的生活内容融为一体,浑化无迹。

王安石作诗讲究用典和对偶,并善于将二者紧密联系在一起。他曾说过:"用汉人语止可以汉人语对。若参以异代语,便不相类。"(《石林诗话》)这首诗中的三、四两句,就是王安石精于对偶和用典的范例。"护田""排闼"既是作者的奇特想象,又是巧妙的用典;同时,两词又是严格的史对史、汉人语对汉人语。虽然作者在这里刻意用典和对偶,但用典却不使人觉,从而将山水转化为富有生命感情的形象来描写,贴切而又自然,体现出作者高超的艺术技巧。

谢安墩①二首(其一)

我名公字偶相同②,我屋公墩在眼中③。
公去我来墩属我,不应墩姓尚随公。

① 谢安墩:也称谢公墩,在半山寺(即王安石旧居)后,因东晋名相谢安曾登临此地而得名。《至大金陵新志》卷十一下云:"半山报宁禅寺在城东七里,距钟山亦七里,王荆公安石故宅也。……寺后有谢公墩,其西有土山曰培塿,乃公决渠积土之地。"谢安(320—385),字安石,陈郡阳夏(今河南太康)人,东晋著名的政治家、军事家。此诗一本题为《谢公墩二首》。
② 我名公字:王安石的名和谢安的字一样,故云"偶相同"。
③ 我屋公墩:从王安石的屋子能看到谢公墩,故云"在眼中"。

王安石退居江宁后所住的地方,曾经是东晋名相谢安的旧游之地。王安石由此产生联想,写下了这首极有风趣的小诗。王安石十分敬仰谢安的为人,对他的勋业极为推崇。

王安石的地位与谢安相同,他要做的事业不亚于谢安,因此在对前贤深致敬意的同时,他也不忘要与前贤一比高下。这首小诗就反映了他性格上好强而又幽默的一面。

两 山 间[①]

自予营北渚[②],数[③]至两山间。

临路爱山好,出山愁路难。

山花如水净,山鸟与云闲。

我欲抛山去,山仍劝我还。

只应身后冢[④],亦是眼中山。

且复依山住,归鞍[⑤]未可攀。

① 两山间:钟山的两座山峰之间。
② 营:经营,建造。北渚:指钟山半山园所在地。此地亦名白塘,曾以地卑积水为患,王安石在此住下后,乃凿渠决水以通城河。
③ 数(shuò):屡次,频繁。
④ 冢(zhǒng):坟墓。
⑤ 归鞍:指骑着回城的坐骑。

王安石退居钟山后,实现了投老山林的心愿。他深爱大自然,徜徉其间,沉浸于物我两忘的恬静生活中。这首诗就表现了他这时的生活和心情。"临路"两句,既是写实,又是寓意,表现了作者对山林生活的喜爱和对仕途生涯的忧虑。"且复"两句,更是表达了作者拟长住山林之间而不愿再居闹市之中的打算。全诗十二句连用九个"山"字,生动形象地表现出人与山浑然一体的联系,自然贴切,堪称高妙。

半山春晚即事①

春风取花去,酬我以清阴②。
翳翳陂路静③,交交④园屋深。
床敷每小息⑤,杖屦或幽寻⑥。
惟有北山⑦鸟,经过遗好音⑧。

① 半山:在钟山南。王安石第二次罢相后退居江宁,在这里营建庭院,因地处由江宁府城东门去钟山的半道,故名之为"半山园"。
② 酬:酬报。清阴:指树荫繁茂。
③ 翳(yì)翳:隐晦不明,形容树木茂密的样子。陂路:山坡小路。陂,山坡。
④ 交交:纷繁错综,形容树木相互覆盖交叉的样子。
⑤ 床:指坐卧之具。敷:指铺陈。古人席地而坐。
⑥ 杖屦(jù):指扶杖漫步。屦,鞋子。或:一作"亦"。幽寻:寻幽。
⑦ 北山:钟山。
⑧ 遗(wèi):送。好音:指美妙动听的鸟鸣声。

这首诗描写作者晚年退居江宁后的山居生活。在对晚春清幽之景的描摹中,表现了作者恬淡安宁而又欣然自乐的心境。诗中写景动静结合,生动传神。首联以散文句式来作拟人化的描写,赋春风以性格,一个"取"字,一个"酬"字,显示出作者与大自然和谐的心态。他一反常人惜春诗叹息花落的情调,而以欣喜的心情赞美充满生机的一片"清阴"。这两句不仅句式新奇,而且尽见作者当时的心境。

雪 干

雪干云净见遥岑①,南陌芳菲复可寻②。
换得千颦③为一笑,春风吹柳万黄金④。

① 遥岑(cén):远山。岑,小而高的山。
② 南陌:指田野。陌,田间的小路。芳菲:指芬芳的花草。
③ 颦(pín):皱眉。
④ 万黄金:喻指杨柳。

积雪消溶,阴云散净,春天又回到了人间。诗人欣喜地看到了这一切,并在诗中形象地表现。他把季节变化的特征,与人们的心理变化巧妙地联系在一起,含义双关,形象生动。

金陵即事三首(其一)

水际柴门一半开①,小桥分路入苍苔②。
背人照影无穷柳,隔屋吹香并是梅。

① 水际:水边。一半开:半开半掩。
② 入苍苔:通向长满青苔的小路。苍,一作"青"。

这首七绝以眼前景物为题材,随意挥写,十分精致,宛然如画。三、四两句的描写精细入微:俯视水际,只见人背后的无数柳树在水中照看着自己的影子;隔着屋子,还能闻到随风飘来的梅花的清香。这一描写,充分表现出作者体察景物的本领,反映了他闲适的心情。这两句对句造语新奇工整,以致前人认为"似是作律诗未就,化成截句"(陈衍《宋诗精华录》)。

钟山即事

涧水无声绕竹流,竹西花草弄春柔①。
茅檐相对坐终日,一鸟不鸣山更幽。

① 竹西:竹林西面。弄春柔:指花草在春天显得妩媚多姿。

这首七绝描写眼前的景物,渲染出一个幽寂无声的境界,反映了王安石晚年退居钟山后追求恬静的心态,令人感到"此时无声胜有声"。诗的末句语本南朝梁王籍《入若耶溪》"蝉噪林逾静,鸟鸣山更幽",王安石反其意而用之,显示出他作诗不愿蹈袭前人而自创新意。

初夏即事

石梁茅屋有弯碕①,流水溅溅度两陂②。
晴日暖风生麦气③,绿阴幽草胜花时④。

① 石梁:石桥。梁,桥。碕(qí):曲折的堤岸。
② 溅(jiān)溅:流水声。陂:池塘。
③ 生:指激发,助长。麦气:指麦子成熟时散发出的香气。
④ 花时:开花的季节,指春天。

风吹麦浪,绿阴幽草,初夏的景色令诗人心旷神怡,觉得这一切比百花吐艳的春天还美。这首七绝就贴切地表达出诗人的这种心情。

即 事①

径暖草如积②,山晴③花更繁。

纵横一川水,高下数家村。

静憩鸡鸣午④,荒寻犬吠昏⑤。

归来向人说,疑是武陵源⑥。

① 即事:一本作"径暖"。
② 径:小路。积:积聚,堆积,形容草丛茂密。
③ 山晴:与上句"径暖"互文,晴朗乃有暖意。
④ 憩(qì):休息。鸡:一本作"鸠"。
⑤ 荒寻:犹言寻幽。昏:黄昏。
⑥ 武陵源:陶渊明《桃花源记》中描写的世外桃源,中有"鸡犬相闻"之语。武陵,郡名,郡治在今湖南常德市。

作者早年写有《桃源行》诗,表达对理想社会的向往。晚年退隐钟山,过起了类似陶渊明的隐逸生活,思想倾向、艺术趣味也自然地与陶渊明相近。他由衷地喜欢这种生活,为这种情景所陶醉,并表现在诗歌之中。这首描写山村景色和作者闲适生活的五律,就突出地表现了这一切。在作者笔下,日暖花繁,鸡鸣犬吠,俨然一处世外桃源。诗句对仗工整,形象如画。

岁　晚

月映林塘澹，风含笑语凉。

俯窥怜绿净①，小立伫幽香②。

携幼寻新菂③，扶衰坐野航④。

延缘久未已⑤，岁晚惜流光⑥。

① 窥：视，看。怜：爱。绿：指水色。
② 伫(zhù)：站着等待。幽香：指花香。
③ 菂(dì)：莲子。
④ 扶衰：支撑着衰老的身体。野航：停泊郊外的船只。
⑤ 延缘：徘徊流连。已：止。
⑥ 流光：流逝的光阴。

深秋的一个夜晚，作者乘兴夜游，赏花观水，为清幽的秋夜景色而流连忘返。这首小诗真切地记录了作者的这次赏秋夜游。诗中"俯窥"一句写赏水，"小立"一句写赏花。前人称"荆公爱看水中影"(许顗《彦周诗话》)，正可谓仁者爱山，智者乐水,反映了王安石的个性爱好。一个"窥"字,传神地写出了诗人的神态。"幽香"二字,写出了秋花的特征。诗人为这沁人心脾的花香所吸引,遂"携幼"相寻,以致登上了野渡的小船。仅仅是这秋夜的美景使得作者流连忘返吗? 不,而是这"岁晚惜流光"的深沉感情。诗的最后对此作了意味深长的回答,这回答,似可看作是对全篇诗意画龙点睛的阐发。

题 舫 子[①]

爱此江边好,留连[②]至日斜。
眠分黄犊[③]草,坐占[④]白鸥沙。

① 舫子:小船。
② 留连:留恋不愿离开。
③ 黄犊(dú):小黄牛。犊,小牛。
④ 占:占据。

这首题在舫子上的小诗,生动地展现了作者退归后的生活情形,刻画出一种物我两忘的境界。末两句笔力高妙,"分""占"二字写得尤为精彩传神。

棋

莫将戏事扰真情①,且可随缘②道我赢。
战罢两奁③收黑白,一枰何处有亏成④?

① 戏事:游戏的事情。扰:扰乱。
② 随缘:听候机缘安排。缘,机缘、机会。
③ 奁(lián):小匣子,这里指用来放棋的棋匣。
④ 枰(píng):棋盘。亏成:指胜负、得失。

王安石晚年退居无事,喜下围棋。他把下棋看作是一种游戏,而并不在乎输赢。这首小诗因棋志感,反映了他当时随遇而安的心境。

江　上

江北秋阴①一半开,晚云含雨却低回。

青山缭绕②疑无路,忽见千帆隐映③来。

① 秋阴:秋天阴沉的天色。

② 缭绕:回旋,缠绕。这里指群峰纠结的样子。

③ 隐映:时隐时现。

舟行江上,只见天色半开,暮云低回,重重叠叠的青山缭绕在前,似乎无路可行,忽然远处隐隐约约驶来了无数船帆。这首小诗描写舟行江上所见,寄寓了作者独特的人生感受和情趣。其中"青山缭绕"两句,借景抒情,在寻常的景物描写中,蕴含着深刻的哲理意趣。

送和甫至龙安微雨因寄吴氏女子①

荒烟凉雨助人悲,泪染衣巾②不自知。
除却春风沙际绿③,一如看汝④过江时。

① 和甫:王安礼,字和甫,王安石之弟,元丰五年(1082)任尚书左丞。龙安:龙安津,在江宁城西。吴氏女子:王安石的长女,嫁吴安持,因古代女子出嫁后从夫姓,故称吴氏女子。吴安持这时在汴京做官。
② 衣巾:一作"衣襟"。
③ 春风:一作"东风"。沙际:指江岸边上。
④ 汝:你,指吴氏女子。

元丰五年(1082),王安石送弟王安礼(和甫)赴京,触景生情,因送弟而思女,写了这首七绝寄女儿。王安石笃于亲情,其集中与弟妹、女儿唱酬诗颇多,晚年尤多。人到老年,更重儿女亲情,王安石也是如此。这首诗写得情意真切,凄怆感人,从中也可体会到王安石晚年寂寞悲凉的心绪。

寄吴氏女子

梦想平生在一丘①,暮年方得此优游②。
江湖相忘真鱼乐③,怪汝长谣特地愁④。

① 丘:山丘,这里指隐居的地方。
② 优游:悠闲自得的样子,这里指隐居生活。
③ 江湖相忘:语本《庄子·天运》:"泉涸,鱼相与处于陆,相呴以湿,相濡以沫,不若相忘于江湖。"意为江湖的源泉枯竭了,鱼儿居处在陆地上,它们用湿气互相吹嘘,用口沫互相滋润,也不如它们在江湖之中互相忘却的好。鱼乐:语本《庄子·秋水》:"鲦(tiáo)鱼出游从容,是鱼之乐也。"意为白鱼出来从从容容地游水,这是鱼的快乐啊。比喻自由自在的快乐生活。这句说自己终于归田,如鱼之乐而相忘于江湖。
④ 长谣:指吟咏诗歌。据载,吴氏曾有诗寄王安石云:"西风不入小窗纱,秋气应邻我忆家。极目江南千里恨,依前如泪看黄花。"特地:特别。

王安石退居钟山之后,营造了半山园,实现了归宿江湖的心愿,为此他写诗寄给长女吴氏,表达了这种愉悦的心情。诗中还对女儿思家的忧愁,给予了安慰。

木　末①

木末北山烟冉冉②,草根南涧水泠泠③。
缫成白雪桑重绿④,割尽黄云⑤稻正青。

① 木末：树颠。
② 冉冉：云烟缓缓浮动的样子。
③ 南涧：金陵城南的溪涧。泠泠：形容水声清越。
④ 缲(sāo)：同"缫"，指缫丝，把蚕茧浸在热水里，抽出蚕丝。白雪：喻指雪白的蚕丝。
⑤ 黄云：喻指黄熟的麦子。

这首七绝描绘钟山附近的田野风光，色彩鲜明，形象生动。其中尤值得称道的是三、四两句，描写农家缫完了雪白的蚕丝，桑树又重新发绿（以养蚕）；收割尽金黄的麦子，又栽上青青的稻秧。农家辛勤劳动的忙碌形象尽显纸上，而由此洋溢出丰收的喜庆色彩，给人以美的享受。这一联中，"白雪""黄云"既是比喻，又是借代，对偶工整，造语凝炼，显示出王安石炼句的艺术功力。

题齐安壁①

日净山如染②,风暄草欲薰③。
梅残数点雪④,麦涨一溪云⑤。

① 齐安:齐安寺,在今江苏江宁。
② 山如染:形容山色翠绿,像是染成的一样。
③ 暄(xuān):暖和。薰(xūn):花草的芳香。
④ 雪:这里喻指洁白的梅花。
⑤ 涨:形容麦子蓬勃生长的样子。这两句的意思是:梅花树的枝头上,还缀着几朵雪一般的残花;麦子蓬勃生长,好像一大片云彩一样。

元丰三年(1080)庚申、元丰五年(1082)壬戌,王安石多次游齐安,写有不少诗,本诗也是其中之一。作者以准确传神的语言,巧用比喻,描绘出一幅幅生动形象的图画。

染　云

染云①为柳叶，剪水②作梨花。
不是春风巧，何缘有岁华③？

① 云：这里比喻柳叶的柔嫩。
② 水：这里比喻梨花的洁白。
③ 何缘：缘何，为什么。岁华：年中美好的时光。

　　柳叶像是用轻柔的云染成的，梨花像是以清澈的水剪出的，大自然神奇地创造出一年中美好的时光。作者欣喜地看到这一切，写出了这首颇见巧思的小诗。

秣陵道中口占二首①（其一）

经世才难就②，田园③路欲迷。
殷勤④将白发，下马照青溪⑤。

① 秣(mò)陵：在今江苏江宁之南，近南京。口占：指作诗不起草稿，随口吟诵而成。
② 经世：治理国家。经，治理。就：成就。
③ 田园：家园，指故乡。
④ 殷勤：指情意恳切深厚。
⑤ 青溪：溪名，发源于钟山，西南流入秦淮河。这两句的意思是：我跨下马来，对着青溪水深情地照看满头白发的自己。

王安石在行路途中随口吟诵而成的这首诗，实际上是长期萦绕在他心中的入世与出世的矛盾心情的自然流露。作者有经世之愿，也有经世之才，却始终未能如愿，不得不感叹自己年老无成，而寄情于田园生活。诗写得婉曲深挚，笔墨凝练。

六　年

六年湖海老侵寻①,千里归来一寸心。
西望国门②搔短发,九天宫阙五云深③。

① 侵寻:犹浸淫,渐渐扩展的意思。
② 国门:城门,又指国都的城门。这里代指国都。
③ 九天:旧指皇室。五云:五色的瑞云。也用来指皇帝所在。

这首七绝写于元丰五年(1082),当时距熙宁九年(1076)冬王安石罢相回江宁已六年。作者这时虽已退居江湖,但仍心系魏阙,关注着时事的变化。作为一位曾经历过政坛急风骤雨的政治家,他的心情不是一下子能平静下来的,从这首诗就能看到他的这种心情。

南　浦

南浦随花去①,回舟路已迷。
暗香②无觅处,日落画桥西③。

① 南浦:金陵城南的小河。随花去:随花香而去。指作者在南浦中随着花香而泛舟。
② 暗香:幽香。
③ 画桥:有彩绘装饰的桥。

作者在南浦泛舟,一路赏花,不觉回来时迷了路。这首小诗生动地描写出了作者将一己融于大自然之中的情境,意境闲澹,明净空灵,具有浓郁的诗情画意。

南　浦

南浦东冈①二月时,物华撩我有新诗②。
含风鸭绿粼粼起③,弄日鹅黄袅袅垂④。

① 东冈:在金陵城东,一名白土冈。
② 物华:美好的景物。撩:引逗,挑动。
③ 鸭绿:鸭头绿,深绿色。这里指绿色的水面。粼(lín)粼:清澈的样子。
④ 弄:逗弄,戏弄。鹅黄:鹅儿黄,嫩黄色。这里指初春的杨柳。袅(niǎo)袅:纤长柔美的样子。

本诗作于元丰六年(1083)春,为王安石在钟山接待来访的诗人魏泰时"口占一绝"(见《临汉隐居诗话》)。

诗中"含风"两句,兼用借代和比喻的修辞手法,形象生动,色彩明丽,对偶精严工整,为传世名句。

杖　藜①

杖藜随水转东冈,兴②罢还来赴一床。
尧桀③是非时入梦,固知余习④未全忘。

① 杖藜:扶着拐杖。杖,扶杖。藜,一种植物,茎可作手杖。
② 兴:游兴。
③ 尧:传说中的上古贤君。桀:夏朝的末代君主,被认为是暴君的典型。
④ 余习:积习。这里指关心时政得失的习惯。

作为政治家的王安石,曾经宦海风云,即使退居山林,仍对朝政的得失十分关心,就像他在本诗中所说的:谁是尧谁是桀,谁是谁非,这类政治大问题经常在梦中萦绕。可见,日有所思,夜有所梦,这已经成了他的积习。这首小诗,就表达了他这种在山林而思庙堂的心情。

北　山

北山输绿涨横陂①,直堑回塘滟滟时②。
细数落花因坐久,缓寻芳草得归迟。

① 输:送,指流下水来。绿:指水。陂:池塘。
② 堑:沟壕,指灌溉渠。回塘:曲折的池塘。滟(yàn)滟:水势盛而水波荡漾的样子。

　　这首小诗描写北山的景色和作者的闲游之乐,表现出一种闲适的心情。前两句写景。题为"北山",作者却不直接描绘山之高峻、苍翠,而是以山上流水来表现,充满动感,给人以寻味的空间。后两句写人。作者化用唐人王维"兴阑啼鸟换,坐久落花多"(《从岐王过杨氏别业应教》)和刘长卿"秋草独寻人去后,寒林空见日斜时"(《长沙过贾谊宅》)句意,即景生情,形象生动。王安石的这两句诗袭用前人之句而愈工,若出己意,写出了作者特有的闲适心情,远胜他所化用的前人之作,因而备受称道。

元丰七年(1084),苏轼路过金陵,与王安石相见,作《次荆公韵四绝》,其三即和此诗,可知此诗的写作不应晚于元丰七年。

出 郊

川原一片绿交加①,深树冥冥②不见花。

风日有情无处著,初回光景到桑麻③。

① 川原:平野,原野。交加:交错。
② 冥冥:昏暗。
③ 回:转。光景:风光景色。这两句的意思是:因为已不见花开,和风丽日充满情意却无所附着,便把风光景色转到了桑麻身上。

  诗人来到郊外,为风和日丽中的田野景色所陶醉,写下了这首小诗,描绘出一幅色彩绚丽而又和谐的图画。

偶 书

穰侯老擅关中事①,长恐诸侯客子②来。
我亦暮年专一壑③,每逢车马便惊猜④。

① 穰(ráng)侯:魏冉,战国秦昭王母弟,曾登相位,封穰侯。后秦王重用范雎,他被免职。擅:专断,独揽。关中事:指秦国国政。关中,秦都咸阳,汉都长安,故称函谷关以西为关中。
② 诸侯客子:诸侯的说客。战国时代,各诸侯国士子往往到异国游说国君,以实现自己的理想。范雎就是由魏入秦,以远交近攻之策说秦昭王,被任为客卿,后拜相的。据《史记·范雎蔡泽列传》载,穰侯在路上遇到秦国使臣从魏国回来,车内藏着范雎,便问使臣:"谒君得无与诸侯客子俱来乎?无益,徒乱人国耳!"王安石在此以穰侯自比,颇有自嘲的意味。
③ 专:专断,占据。一壑:指作者晚年的住地。壑,坑谷,深沟。
④ 惊猜:指担心朝廷中有什么坏消息传来。这两句的意思是:我晚年也占据了一小块地方,每逢有车马来便要惊疑地猜测一番。

偶书

元丰八年(1085)三月,支持变法的宋神宗去世,反对新法的司马光等一派旧党上台主政,尽罢新法。王安石满怀忧愤,于次年四月郁郁以终。这首诗就反映了他当时在恶劣的政治环境中那种苦闷不安的心情。

梅　花

墙角数枝梅,凌寒①独自开。
遥知不是雪,为有暗香②来。

① 凌寒:冒着严寒。
② 暗香:幽香。

古往今来,咏梅的诗成千上万,其中数王安石的这首五绝最为简洁。寥寥二十字,却抓住了梅花的特点,突出了梅花孤芳自赏的品格。全诗构思精巧,寄寓深远,既是咏梅,也是自况。

《乐府诗集》中有苏子卿《梅花落》诗,前四句曰:"中庭一树梅,寒多叶未开。只言花似雪,不悟有香来。"王安石的这首诗承此而来,却反其意而用之,别出新意,别开新境,为后人所称道,而苏子卿的诗却几乎被人遗忘了。

北陂^①杏花

一陂春水绕花身^②,花影妖娆各占春^③。
纵被春风吹作雪^④,绝胜南陌^⑤碾成尘。

① 陂:池塘,这里指水中小洲。
② 绕花身:指杏花临水开放,仿佛被春水环绕着一般。
③ 各占春:指枝头的杏花与水中的倒影各占春光。
④ 纵:即使。吹作雪:杏花色白,风吹落花如雪。
⑤ 南陌:指道路边上。

  这是一首咏杏花的七绝。杏花本以娇艳著称,而临水开放的杏花更是妖娆美丽,神韵独绝。诗的前两句描绘了临水杏花的不凡风姿,而后两句则是全诗的重心所在。临水寂寞开放的北陂杏花,即使被风吹落似雪一般,也肯定胜过那开放在喧闹的南陌上最终被践踏成尘土的杏花。这里,"雪"和"尘"分别是高尚与污浊的象征。作者在诗中借物咏怀,从北陂和南陌的杏花比较中,表达了自己为坚持理想操守而不惜献身的精神。故近人陈衍云:"末二语恰是自己身份。"(《宋诗精华录》)

孤　桐

天质自森森①,孤高几百寻②。

凌霄不屈己③,得地本虚心④。

岁老根弥⑤壮,阳骄叶更阴⑥。

明时思解愠⑦,愿斫五弦琴⑧。

① 天质:自然的素质。森森:树叶茂密的样子。

② 几:几乎,近于。百寻:极言其高。寻,古代长度单位,八尺为一寻。

③ 凌霄:犹"凌云",直上云霄。不屈己:不使自己弯曲。

④ 虚心:梧桐为落叶乔木,干高而直,木质中空。

⑤ 弥:更。

⑥ 骄:指阳光炽烈。阴:通"荫",指树叶成荫。

⑦ 明时:政治清明之时。解愠(yùn):解除怨怒。愠,恼怒,怨恨。

⑧ 斫(zhuó):砍,削。五弦琴:传说舜制五弦琴,唱《南风歌》云:"南风之薰兮,可以解吾民之愠兮。"桐木是制琴的好材料。

这首诗通过对根深叶茂、孤高挺直的梧桐的赞颂,托物言志,表达了自己愿报效明主的决心和献身精神。诗的首联描写梧桐的茂密和孤高,是写其外形;颔联描写梧桐的挺直和虚心,由其外形进而写其本性;颈联描写梧桐的老当益壮和喜欢阳光,进一步写其本性;尾联用典,表达梧桐的心愿,愿在清明之世被制成五弦琴伴《南风歌》以解民众的怨怒。诗用拟人化的手法描写梧桐,代梧桐立言,借梧桐来表明自己的心志。诗中对梧桐的描绘,既是写实,也是自况。

与舍弟华藏院此君亭咏竹①

一径森然四座凉②,残阴余韵兴何长。
人怜③直节生来瘦,自许高材老更刚④。
曾与蒿藜同雨露⑤,终随松柏到冰霜。
烦君惜此根株在,乞与伶伦学凤凰⑥。

① 华藏院:金陵城中的一座佛寺。此君亭:华藏院中的一座竹亭。亭名出自东晋名士王子猷之语:"不可一日无此君。"称竹为"君",后人遂以"此君"为竹之代名。诗题一作"华藏院此君亭"。
② 森然:繁密的样子。这句写一条幽径通向竹亭,森然高耸的青竹使亭中四座的游客顿感清凉。
③ 怜:爱。
④ 自许:自期。许,期望。这两句采用了拟人的手法,意思是人们喜爱竹子是因为它直而有节,长而瘦;而竹子自许高材是因为自己老而愈见其刚。
⑤ 蒿藜:野草,杂草。此句连同下句,写竹子初生时与一般的蒿藜杂草同受雨露的滋润,可到最后它却能和松柏一样经受冰霜酷烈的

严冬。

⑥ 乞：给予。伶伦：相传是黄帝时的乐官，曾取竹为乐器，吹奏之声似凤鸣。这两句的意思是说，希望竹子珍惜自己的根株，茁壮成长，好给伶伦制成律管，吹出凤鸣般的乐声。

这是一首咏竹的七律。作者在诗中咏竹述志，极写竹的品格，寄托了自己的人生理想，表现了作者早年锐意进取、奋发有为的精神。

题张司业①诗

苏州司业诗名老②,乐府③皆言妙入神。
看似寻常最奇崛④,成如容易却艰辛。

① 张司业:张籍(约766—约830),字文昌,祖籍吴郡(今江苏苏州)。历任水部员外郎、国子司业等职,故世称张水部或张司业。工于乐府,颇多反映当时社会现实之作,和王建齐名,并称"张王乐府"。
② 苏州司业:张籍原籍苏州,故称。老:历时长久。
③ 乐府:本指汉代音乐机关乐府官署所采集、创作的乐歌,也用以称魏晋至唐代可以入乐的诗歌和后人仿效乐府古题的作品。
④ 奇崛:奇异特出。

这首诗赞扬了唐代诗人张籍所作乐府诗精警凝炼而又平易自然的诗风,并指出他取得的成就是艰苦创作的结果。这一评价既符合张籍的诗歌创作实绩,又阐发了自己的诗歌创作主张。王安石为诗,既注重向前代诗人学习,博采众长,又独树一帜,形成自己的风格。晚年,他尤精于诗歌创作,"诗律尤精严,造语用字,间不容发"(《石林诗话》),创作态度极其认真刻苦,创作出来的作品则是"意与言会,言随意遣,浑然天成,殆不见有牵率排比处"(同上)。这种艺术追求达到的效果,正如这首诗三、四两句所评述的那样,所以说,这两句诗实际上也是王安石自道创作的甘苦之言。

"看似寻常最奇崛,成如容易却艰辛。"王安石对张籍诗的这一评价,也正可以被我们移作对王安石诗乃至其全部文学作品的评价。

读　史

自古功名亦苦辛,行藏终欲付何人①?
当时黯黮犹承误②,末俗纷纭更乱真③。
糟粕所传非粹美④,丹青难写是精神⑤。
区区⑥岂尽高贤意,独守千秋纸上尘⑦。

① 行藏:出处,行止。这两句说:自古以来要建功立业都得历尽艰辛,一生行事最终要交给谁去评述才好?
② 当时:指在世时。黯黮(àn dàn):昏暗不明的样子。
③ 末俗:指乱世败坏的习俗。纷纭:杂乱,纷乱。这两句的意思是:在世时由于是非不明,已经受到误解;到了乱世众说不一,更加混淆了真相。
④ 糟粕:酒渣,比喻事物粗劣无用的部分。与"精华"相对。粹美:精华,指事物精纯美好的部分。
⑤ 丹青:原是中国画中常用的两种颜色,后作为绘画的代称。这两句说:史籍记载所传下来的多是糟粕而非精华,正如绘画最难表现的是人的精神气质一样。

⑥ 区区：小，少。这里指史籍记载。
⑦ 千秋：犹千年，谓年代久远。纸上尘：指虚假的史籍记载，即糟粕。这两句的意思是：史籍上那些微末的记载，怎能充分表达贤者的本意？如今我也只能守着这些千年流传下来的故纸阅读。

王安石熟读史书，对史实有着自己独特的识见，这首诗便是他读史后的感受。诗中提出史籍记载往往难于凭信的问题，所谓"糟粕所传非粹美，丹青难写是精神"，不仅是作者对历代史籍的真知灼见，而且也饱含着他对现实生活中毁誉不一的真切感受。

词

桂 枝 香

登临送目①。正故国②晚秋,天气初肃③。千里澄江似练④,翠峰如簇⑤。归帆去棹⑥斜阳里,背西风、酒旗斜矗⑦。彩舟云淡,星河鹭起⑧,画图难足。　念往昔、繁华竞逐⑨,叹门外楼头⑩,悲恨相续⑪。千古凭高对此,谩嗟⑫荣辱。六朝⑬旧事随流水,但寒烟、芳⑭草凝绿。至今商女⑮,时时犹歌,《后庭》遗曲⑯。

① 送目:远目,望远。

② 故国:指金陵。金陵为六朝旧都,故云。

③ 肃:肃杀,严酷萧瑟的样子,形容深秋或冬季草木枯落时的天气。

④ 练:白色的熟绢。这句语本南齐谢朓《晚登三山还望京邑》诗:"澄江静如练。"形容江水的平静、澄清和悠长。

⑤ 簇(cù):丛列、丛聚的样子。

⑥ 归帆去棹(zhào)：指来往的船只。归，一作"征"。棹，摇船的用具，也指船。

⑦ 酒旗斜矗：酒旗随风飘扬的样子。酒旗，酒楼上悬挂的布招帘。

⑧ 星河鹭起：南京西南长江中有白鹭洲，当时有白鹭起舞，故云。星河，天河，这里指长江。

⑨ 繁华竞逐："竞逐繁华"的倒装。繁华，指奢靡荒淫的生活。

⑩ 门外楼头：语本唐人杜牧《台城曲》："门外韩擒虎，楼头张丽华。"诗意是说，当隋朝大将韩擒虎率军兵临建康(即金陵)城下，陈后主还在和妃子张丽华等寻欢作乐。门外，指朱雀门(建康城正南门)外，隋军从此门攻入建康，俘获陈后主、张丽华等，陈亡。楼头，指结绮阁，陈后主为张丽华所造。

⑪ 悲恨相续：指历史上在金陵建都的各个王朝相继灭亡，也包括隋朝的覆灭。

⑫ 谩嗟：空叹。

⑬ 六朝：指东吴、东晋、宋、齐、梁、陈六个建都金陵的王朝。

⑭ 芳：一作"衰"。

⑮ 商女：歌女。

⑯《后庭》遗曲：陈后主所作《玉树后庭花》歌曲，后人称之为亡国之音。这三句语本杜牧《夜泊秦淮》："商女不知亡国恨，隔江犹唱《后庭花》。"

桂枝香

治平四年(1067),王安石出知江宁府。这一时期,他写有不少咏史吊古之作,这首词就可能作于当时。据《古今词话》载:"金陵怀古,诸公寄调于《桂枝香》,凡三十余首,独介甫最为绝唱。"

作者登高临远,俯仰古今,从吸取历代兴亡的历史教训出发,在词中抒发了对现实政治的感慨。词的上片以如椽之笔勾勒出千里江山的雄伟景象,对"画图难足"的秋日景色作精细的描绘。下片由景到情,突出怀古的主旨。"念往昔"三句,高度概括了发生在金陵的历史风云,借用"门外楼头"四字,精练而又形象地展现了一幕史剧。作者认为历代文人骚客面对金陵山水,只知慨叹朝代兴亡,而未能跳出荣辱的圈子。他由"六朝旧事"回到现实,希望能以历史的教训为借鉴。词的最后三句,明显流露出他对当时不能励精图治的北宋当局的不满情绪。怀古与讽今的结合,这首词突出了极大的现实意义。

这首词立意不凡,识见高超。词中有写景,有议论,用典使事相当贴切。其风格雄健,意境壮阔,堪称宋代第一首成熟的咏史怀古词。

南乡子二首（其二）

自古帝王州①。郁郁葱葱佳气浮。四百年②来成一梦，堪愁。晋代衣冠成古丘③！　　绕水恣④行游。上尽层城更上楼。往事悠悠君莫问，回头。槛⑤外长江空自流。

① 帝王州：指金陵。金陵曾是六朝故都，五代十国时的南唐也建都于此，故称"帝王州"。
② 四百年：指222年东吴建国至589年陈朝灭亡这段时期，即历史上通称的"六朝"。四百年，概举成数而言。
③ 衣冠：古代士以上戴冠，衣冠连称，是古代士以上的服装。后引申指世族、士绅。这句用李白《登金陵凤凰台》成句，意思是：晋代那些世家大族的遗迹，如今都成了废墟。
④ 恣(zì)：听任，任凭。
⑤ 槛：栏杆。

这首词也是金陵怀古之作，可能与《桂枝香》等是同时期之作。作者以极精练的笔墨,高度概括了曾经发生在金陵的历史风云,表达了强烈的兴亡之感。词中对史事的慨叹,同样也含蓄地表达了作者对时局的看法。

浪淘沙令

伊吕①两衰翁。历遍穷通②。一为钓叟一耕佣③。若使当时身不遇,老了英雄。　　汤武偶相逢④,风虎云龙⑤。兴王⑥只在笑谈中。直至如今千载后,谁与争⑦功!

① 伊吕:伊尹和吕尚,旧时并称为贤相。伊尹,商初大臣。名伊,尹是官名。一说名挚。传说奴隶出身,为有莘氏女的陪嫁之臣,为汤所用,任以国政,佐汤灭夏。吕尚,姜姓,吕氏,名尚,字子牙,俗称姜太公。传说他直到晚年还困顿不堪,垂钓于渭水之滨,遇周文王,先后辅佐文王、武王,成就了灭商兴周之业。
② 穷通:指困顿窘迫或顺利显达的处境。
③ 钓叟:指吕尚。耕佣:为人耕作,指伊尹。
④ 汤武:商汤和周武王。汤,成汤,即位后用伊尹主政,灭夏,建立商朝。武,即周武王,姓姬名发,即位后以吕尚为师,灭商,建立周朝。
⑤ 风虎云龙:语出《易·乾·文言》:"云从龙,风从虎,圣人作而万物睹。"意思是说,云跟随着龙出现,风伴随着虎出现,圣明的君主出现,国家和社会就会昌盛繁荣。

⑥ 兴王：兴国之王，即开创基业的国君。这里指辅佐兴王。
⑦ 争：争论，比较。

这是一首咏史抒怀之作。词中吟咏伊尹、吕尚"历遍穷通"的遭际和名垂千载的功业，并叹息君臣相遇之难。在作者看来，伊、吕"若使当时身不遇"，仍然是"一为钓叟一耕佣"，只能是"老了英雄"，无法辅佐汤、武成就伟业。名为咏史，实是自况。王安石早立大志，要致君尧舜，但长期不得重用。直到宋神宗即位，他才有了类似"汤、武相逢"的机会，可以干一番惊天动地的事业。这首词显然寄托了王安石迫切希望能为君主所知以成就伟业的宏伟理想。据此，这首词为王安石入京主政前所作，可能与《桂枝香》等词为同时期之作。

菩 萨 蛮

数家茅屋闲临水①,单②衫短帽垂杨里。今日是何朝,看予度石桥③。　　梢梢新月偃④,午醉醒来晚⑤。何物最关情,黄鹂三⑥两声。

① 数家:一本作"数间"。这句语出唐人刘禹锡《送曹璩归越中旧隐诗》:"数间茅屋闲临水,一盏秋灯夜读书。"
② 单:一作"轻"。
③ 看予度石桥:这句语出唐人宋之问《灵隐寺》:"待入天台路,看余度石桥。"又,"今日"两句,一本作"花是去年红,吹开一夜风",用唐人殷益《看牡丹》"发从今日白,花是去年红"下句。
④ 梢梢:风吹动树木的声音。新月偃:指月亮呈半月形。这句语出唐人韩愈《南溪始泛》:"点点暮雨飘,梢梢新月偃。"
⑤ 午醉醒来晚:这句语出唐人方械失题诗:"午醉醒来晚,无人梦自惊。"
⑥ 三:一作"一"。

菩萨蛮

　　这是一首集句词,即集诗句为词,这是王安石的发明。王安石晚年退居金陵,在半山筑草堂,引水作小港,其上叠石作桥,这首词就记录了他当时的闲居生活(见吴曾《能改斋漫录》)。虽是集句,但如出己口,贴切地表现出作者村居生活的闲情逸趣,体现了作者学富才高的创作功力。

生 查 子

雨打江南树。一夜花开无数。绿叶渐成阴①,下有游人归路。　　与君相逢处。不道②春将暮。把酒祝③东风,且莫恁④、匆匆去。

① 阴:树荫。
② 不道:不堪,无奈。
③ 祝:祝祷。
④ 且:暂且,姑且。恁(rèn):如此,这样。

这是一首送别词。作者将伤春与送别的主题结合起来表现,在惜春的同时巧妙地表现了对离人的挽留。全词寥寥几句,写出了江南暮春烟雨迷蒙的景色,衬托出作者与友人相逢将别时的情景。通篇寓情于景,含蓄蕴藉。

谒 金 门

春又老。南陌①酒香梅小。遍地落花浑不扫,梦回情意悄。　　红笺②寄与添烦恼,细写相思多少。醉后几行书字小,泪痕都揾③了。

① 南陌:南面的道路。陌,道路。
② 红笺:一种精美的笺纸。
③ 揾(wèn):揩拭。

据《能改斋漫录》载,这首词是王安石晚年退居江宁时所作。脱离了政坛的旋涡,优游林下的王安石,面对暮春景色,不由一改往日正襟危坐时的丞相形象,心中也荡起了记忆深处的感情涟漪。这首抒写相思之情的小词,不管是游戏之作,还是纪实之作,总之反映了作者当时放松的心情。词的上片由暮春景色联想到"梦回情意",进而过渡到下片的寄红笺"细写相思"。末两句的细节描写尤其生动传神。人称王安石词

"瘦削雅素,一洗五代旧习,惟未能涉乐必笑,言哀已叹,故深情之士,不无间然"(《艺概》),然而读了这首深情绵邈的小词,可能会改变这种看法。

渔家傲二首(其二)

平岸小桥千嶂①抱,柔蓝一水萦②花草。茅屋数间窗窈窕③。尘不到,时时自有春风扫。　　午枕觉来闻语鸟,欹眠似听朝鸡早。忽忆故人今总老。贪梦好,茫然忘却邯郸道④。

① 嶂:直立像屏障的山峰。
② 萦:缠绕。
③ 窈窕:幽深的样子。
④ 邯郸道:唐沈既济的《枕中记》写卢生于邯郸道上客店中昼寝入梦,历尽富贵荣华。梦醒,主人炊黄粱尚未熟。

《渔家傲二首》是王安石晚年隐居金陵时的作品。这首词的上阕描绘了一幅静谧的江南春日图,下阕描绘了这幅图中的主人公——一位退隐政治家的形象。全词一气直下,十分自然。值得一提的是,作者善于融炼诗句入词,词句凝练,意蕴丰富。吴聿《观林诗话》记王安石"尝于江上人家壁间见一绝,深味其首句'一江春水碧揉蓝',为踌躇久之而去。已而作小词,有'平岸小桥千嶂抱,柔蓝一水萦花草'之句,盖追用其语"。化用前人之句,并有出蓝之妙,这是王安石诗的特点,其词也是如此。词人陶醉于山水之乐,早已把邯郸之梦忘却。作者晚年悠闲的情致与恬淡的心境在这首词中表露无遗,正如黄昇所评:"极能道闲居之趣。"(《唐宋诸贤绝妙词选》)

千秋岁引

别馆寒砧①,孤城画角②。一派秋声入寥廓③。东归燕从海上去,南来雁向沙头落。楚台风④,庾楼月⑤,宛如昨。

无奈被些名利缚,无奈被他情担阁⑥。可惜风流总闲却⑦。当初谩留华表语⑧,而今误我秦楼约⑨。梦阑⑩时,酒醒后,思量著。

① 别馆:客馆,旅舍。寒砧:这里指在秋夜石砧上的捣衣之声。古人有秋夜捣衣、远寄边人的习俗,捣衣便成了离愁别恨的象征。
② 画角:古乐器。形如竹筒,以竹木或皮革制成,因外加彩绘,故名。发声哀厉高亢,古时军中多用之,以警昏晓。角声在古代诗人笔下常作为悲凉之声,以状秋声肃杀。
③ 寥廓:空阔。
④ 楚台风:宋玉《风赋》中说:楚王游于兰台,有风飒然而至,王乃披襟而当之曰:"快哉此风,寡人所与庶人共者邪!"这里即用此典。
⑤ 庾楼月:《世说新语·容止》中载:庾亮镇武昌时,中秋夜登南楼赏月。这里即用此典。这两句用清风明月的典故写昔日游赏的

情景。

⑥ 担阁：同"耽搁"，拖延，耽误。

⑦ 闲却：抛弃，忘却。

⑧ 华表语：用《搜神后记》所载故事：辽东人丁令威学仙得道，化鹤归来，落在城门华表柱上，唱道："有鸟有鸟丁令威，去家千岁今来归。城郭如故人民非，何不学仙冢累累。"

⑨ 秦楼约：用《列仙传》所载故事：秦穆公女弄玉嫁给萧史，萧教弄玉吹箫，引来凤凰，二人相约骑凤凰仙去。这两句意谓当初空留下学仙之语，如今却错过了仙去之约。作者这里用"学仙""仙去"的典故，暗喻对隐逸生活的向往和留恋。

⑩ 梦阑：梦断。

从词意看，这首词似作于王安石晚年退居金陵后。当时他已对从事政治活动充满厌倦之感，而对无羁无绊的生活充满留恋和向往，并后悔曾经辜负了这大好的秋景。这首词正是当时心态的流露。词的上阕描摹秋景，意致清迥，在景物描写中流露出淡淡的愁绪。明人李攀龙云："不着一愁语，而寂寂景色，隐隐在目，洵一幅秋光图，最堪把玩。"（《草堂诗余隽》，引自唐圭璋《宋词三百首笺注》）

文

送孙正之序①

时然而然,众人也②;己然而然,君子也③。己然而然,非私己④也,圣人之道在焉尔⑤。夫君子有穷苦颠跌⑥,不肯一失诎己以从时者⑦,不以时胜道也⑧。故其得志于君,则变时而之道⑨,若反手⑩然,彼其术素修而志素定也⑪。时乎杨、墨⑫,己不然者,孟轲⑬氏而已。时乎释、老⑭,己不然者,韩愈⑮氏而已。如孟、韩者,可谓术素修而志素定也,不以时胜道也。惜也不得志于君,使真儒之效不白于当世⑯,然其于众人也卓矣⑰。呜呼!予观今之世,圆冠峨如⑱,大裾襜如⑲,坐而尧⑳言,起而舜㉑趋,不以孟、韩之心为心者,果异众人乎?

予官于扬㉒,得友曰孙正之。正之行古之道,又善为古文,予知其能以孟、韩之心为心而不已者也。夫越人之望燕③,为绝域㉔也。北辕而首之㉕,苟不已㉖,无不至。孟、韩之道去吾党㉗,岂若越人之望燕哉?以正之之不已,而不至焉,予未之信也。一日得志于吾君,而真儒之效不白于当世,予亦未之信也。正之之兄官于温㉘,奉其亲以行,将从之,先为言以处予㉙。予欲默,安得而默也?庆历二年闰九月十一日送之云尔㉚。

① 孙正之:孙侔,字正之,一字少述,吴兴(今属浙江)人,一生隐逸不仕。序:指赠序,和序跋的序不同。
② "时然"二句意谓:时俗崇尚这样就跟着这样,是普通人的处世态度。时,时俗,一时崇尚。然,如此。众人,普通的人,这里指世俗之辈。
③ "己然"二句意谓:自己认为这样正确就这样去做,是君子的识见。君子,指有道德的人。
④ 私己:自以为是的意思。私,偏爱。
⑤ 圣人之道:指儒家的政治主张和道德伦理观念。焉尔:于此而已。
⑥ 颠跌:跌倒。引申为困苦。
⑦ 诎(qū):屈服。从:顺从,追随。
⑧ 不以时胜道:不苟合时俗而损丧道义德行。
⑨ 变时:改变时俗潮流。之:往,到。

⑩ 反手：把手一翻。比喻事情容易办到。

⑪ "彼其术"句意谓：那是他的学术素有修养，志向早已确定了。术，学术。

⑫ 杨：指杨朱，战国初期哲学家。相传他主张"贵生""重己""为我"等思想，反对墨子的"兼爱"和儒家的伦理思想。墨：指墨翟，春秋战国之际的思想家、政治家，墨家的创始人，主张"兼爱""非攻""尚贤""尚同"等思想，而不满儒家的"礼"等学说，在当时影响很大，与儒家并称"显学"。有《墨子》传世。

⑬ 孟轲：战国中期思想家、教育家，为当时儒家学派的代表人物，被认为是孔子学说的继承者，有"亚圣"之称。著作有《孟子》。

⑭ 释：佛教创始人释迦牟尼的简称，后泛指佛教。老：先秦哲学家老子的简称。老子后被道教奉为始祖，故这里泛指道教。

⑮ 韩愈：唐代著名哲学家、文学家，思想上尊儒排佛，力反六朝以来的骈偶文风，提倡散体，与柳宗元同为古文运动的倡导者。著作有《昌黎先生集》。

⑯ 效：效用。不白：不明白。这里指效用不能明显地表现出来。

⑰ 卓：卓越。

⑱ 冠：帽子。峨如：高高竖起的样子。

⑲ 裙：古指下裳，男女同用，与今专指女子的裙子不同。

⑳ 尧：又称陶唐氏，史称唐尧，中国古史传说中的部落联盟领袖，相传在位九十八年后禅位于舜。

㉑ 舜：又称有虞氏，史称虞舜，中国古史传说中的部落联盟领袖，相传在位十八年后禅位于禹。尧、舜都是古史中称颂的贤明君主。趋：小步而行，表示恭敬。
㉒ 扬：扬州（今属江苏），当时为淮南路的治所。
㉓ 越：春秋战国时的古国，其地在今浙江绍兴一带，后也称此地为越。燕：周代分封的诸侯国，其地在今河北北部和辽宁西端，后也称此地为燕。
㉔ 绝域：极远的地方。
㉕ 辕：驾车用的直木或曲木。这里用作动词，指驾车。首：首途，启行。
㉖ 苟：假如。已：停止。
㉗ 去：离开。吾党：我辈。
㉘ 温：温州，治所在永嘉（今浙江温州）。
㉙ 处予：安慰我。处，犹安。
㉚ 庆历二年：1042年。庆历，宋仁宗赵祯的年号（1041—1048）。云尔：语末助词，犹言如此。"送之云尔"，一本无此四字。

本文作于宋仁宗庆历二年（1042）。当时，年仅二十二岁的王安石进士及第，赴扬州任签书淮南节度判官厅公事（简称"签判"）。在扬州，他与孙侔认识并成为挚友。不久，孙侔随父母、兄长去外地生活，王安石为此写了这篇序送给孙侔，对好友寄予了殷切期望。

作为惜别赠言的文章，序的内容一般多为推重、赞许或勉励之辞，本文虽也不例外，但重点却放在互勉这一点。为此，文章一开始就提出了一个的君子标准，即君子应该像孟轲、韩愈那样独立行世，而不能像普通人那样随波逐流、附和时俗；而要做到这样，就必须有学术修养和确定的志向。王安石在这里明确表达了自己企慕孟轲、韩愈，希望能"得志于君则变时而之道"的志向。文章接着顺势引出孙正之，指出正之以孟轲、韩愈为榜样，"行古之道，又善为古文"，一定能达到君子的境界。这是作者对正之寄予的期望，实际上也是他的自勉。

本文是王安石现存散文中作年最早的一篇。王安石青年时期就有致君尧舜、以天下为己任之志，从本文中也可看到这一点。可以说，本文是他步入仕途时表明自己政治抱负的宣言。

张刑部①诗序

刑部张君诗若干篇,明而不华②,喜讽道而不刻切③,其唐人善诗者之徒欤④!

君并杨、刘生⑤。杨、刘以其文词染⑥当世,学者迷其端原⑦,靡靡然穷日力以摹之⑧,粉墨青朱⑨,颠错丛庬⑩,无文章黼黻之序⑪;其属情藉事⑫,不可考据⑬也。方此时,自守不污⑭者少矣。君诗独不然,其自守不污者邪?子夏⑮曰:"诗者,志之所之也。"观君之志,然则其行亦自守不污者邪,岂唯其言而已⑯!

畀⑰予诗而请序者,君之子彦博也⑱。彦博字文叔,为抚州司法⑲,还自扬州识之,日与之接云。庆历三年八月序。

---

① 张刑部:名保雍,字粹之,官至刑部郎中。事迹详见曾巩所撰《刑部郎中张府君神道碑》(《元丰类稿》卷四十七)。
② 明而不华:明白晓畅而不华丽。明,明白。华,华丽。
③ 讽道:讽喻。刻切:刻板。

④ 其：大概。徒：指同类的人。

⑤ 并：同时。杨：指杨亿，宋真宗时曾任翰林学士兼史馆修撰，与刘筠、钱惟演等人诗歌唱和，作品编成《西昆酬唱集》，时号西昆体。其诗学李商隐，形式上追求词藻华丽，堆砌典故。刘：指刘筠，曾任翰林承旨兼龙图阁直学士。其诗和杨亿齐名，时称"杨刘"。

⑥ 染：沾染，引申为影响。

⑦ 端原：方向，途径。

⑧ 靡靡然：倾倒的样子，形容崇拜的程度。穷日力：耗尽时间和精力。穷，极，尽。摹：摹拟。

⑨ 粉墨青朱：比喻作品中堆砌了色彩华丽的词藻。

⑩ 丛厖(máng)：杂乱。

⑪ "无文章"句意谓：没有文章结构组织的次序。文章，本指错综华美的花纹。黼黻(fǔ fú)，本指古代礼服上绣的花纹。黼，黑白相间。黻，黑青相间。这里比喻文章的结构。

⑫ 属(zhǔ)情：抒情。藉事：犹用事，指引用典故。

⑬ 考据：考证，指对古籍的文字意义及古代的名物典章制度等进行考核辩证。

⑭ 自守不污：坚持自己的操守而不同流合污。

⑮ 子夏：孔子的学生，相传《诗》《春秋》等儒家经典是由他传授下来的。本句语出《毛诗大序》。相传《毛诗大序》为子夏作，然据《后汉书·儒林传》载，作者为卫宏。

⑯ 岂：难道，岂止。唯：只是。言：指文词。

⑰ 畀(bì)：给予。

⑱ 彦博：张彦博，事迹详见王安石所撰《尚书司封员外郎张君墓志铭》。

⑲ 抚州：州治临川县(今江西临川)。司法：司法参军的简称，为州里负责议法断刑的官员。

本文作于庆历三年(1043)。当时，王安石由扬州回到故乡临川，应友人张彦博的请求，为其父的诗稿写了这篇序。

书序(亦作"叙")这种文体，或说明著述或出版目的，或介绍编次体例和作品情况，或对作家作品进行评论。本文的重点就在后者。王安石在文中首先对张刑部诗的特色作了概括，称赞其诗"明而不华，喜讽道而不刻切"，合乎唐诗的规范。然后，作者又将张刑部诗与当时其他诗人的诗风相比较，对北宋初年以杨亿、刘筠等为代表的"西昆体"华而不实的形式主义诗风深感不满，从而进一步称赞了张刑部诗不趋流俗、自成一家的特色。王安石认为，作诗一定要有思想内容，只知堆砌辞藻而其"属情藉事"却"不可考据"的文风必须坚决反对。在这种文风泛滥时必须坚决顶住，至少也要做到"自守不污"，这不仅是文风问题,也是人品问题。文章强调要继承儒家文论"诗言志"的传统,表明了王安石的文艺观,是他现存最早的一篇文论。

灵谷诗序

吾州之东南有灵谷者①,江南之名山也。龙蛇之神②,虎豹、翚翟之文章③,梗楠、豫章、竹箭之材④,皆自山出。而神林、鬼冢、魑魅之穴⑤,与夫仙人、释子、恢谲之观⑥,咸⑦付托焉。至其淑灵⑧和清之气,盘礴委积于天地之间⑨,万物之所不能得者,乃属⑩之于人,而处士君实生其阯⑪。

君姓吴氏,家于山阯,豪杰之望⑫,临⑬吾一州者,盖五六世,而后处士君出焉。其行,孝悌忠信⑭;其能,以文学知名于时。惜乎其老矣,不得与夫虎豹、翚翟之文章,梗楠、豫章、竹箭之材,俱出而为用于天下,顾⑮藏其神奇,而与龙蛇杂此土以处也。然君浩然有以自养⑯,遨游于山川之间,啸歌讴吟⑰,以寓⑱其所好,终身乐之不厌,而有诗数百篇,传诵于闾里⑲。他日,出灵谷三十二篇,以属其甥曰⑳:"为我读而序之。"惟君之所得,盖有伏而不见者㉑,岂特尽于此诗而已?虽然,观其镌刻万物㉒,而接之以藻缋㉓,非夫诗人之巧者㉔,亦孰㉕能至于此?

① 吾州:指王安石的故乡抚州(今属江西)。灵谷:山名,在抚州东南。
② 神:神奇。
③ 翬翟(huī dí):羽毛五彩的长尾野鸡。文章:文采。
④ 楩(pián)楠、豫章:皆为南方高大的乔木。豫章,一说即樟树。竹箭:筱(xiǎo),小竹,古书记载为"南方之美者"。
⑤ 神林:神仙居住的深林。鬼冢:死鬼的坟墓。魑魅(chī mèi):古代传说中山泽的鬼怪。
⑥ 释子:佛教僧徒的通称,意即佛祖释迦牟尼的弟子。恢谲(jué)之观:离奇神异的景观。
⑦ 咸:都,皆。
⑧ 淑灵:温和灵秀。
⑨ 盘礴:磅礴,广大无边的样子。委积:积聚。
⑩ 属(zhǔ):属意,托付。
⑪ 处士君:这是对王安石的舅父吴氏的敬称。处士,古时称有才德而隐居不仕的人。阯:同"址",基址,引申为山脚。
⑫ 望:向往,敬仰。
⑬ 临:到,及。
⑭ 孝悌:指对父母、祖先尽孝道,并顺从兄长。忠信:指积极为人,诚

实守信。均为儒家所标榜的伦理道德。

⑮ 顾：反而。

⑯ 浩然："浩然之气"的省称，指正大刚直之气。自养：自我修养。

⑰ 啸歌讴吟：都是歌唱吟咏的意思。

⑱ 寓：寄托。

⑲ 闾里：乡里。

⑳ 甥：王安石自称。王安石母家姓吴，居住在金溪(今属江西)。

㉑ 伏：潜伏，蕴藏。见：同"现"，显现。

㉒ 镌(chán)刻：深刻地刻画表现。

㉓ 藻缋(zǎo huì)：比喻文采。缋，同"绘"。

㉔ 巧者：巧手。

㉕ 孰：谁。

本文是王安石为其舅父吴氏的诗作而写的。庆历三年(1043)，王安石回故乡临川时，曾去金溪舅父家，本文就可能作于此时。王安石在这篇序中，满怀深情地描绘了故乡壮丽丰美的山川风物，从而热情地称颂了吴氏在这山川风物之中孕育出来的诗篇。

王安石的散文理论强调重道崇经、经世致用。从这篇序中，可以看到他的诗歌理论强调诗人从沉浸山川风物之中去获得"淑灵和清之气",同时强调必须深刻地体察表现客观事物,要有文采,肯定了诗歌技巧的作用。由此,显示出王安石的整个文学思想的丰富性。

本文在写作上也颇具特色。序文先以山川风物的描绘作衬托,然后才论述吴君其人其诗,最后以反问句作结,意思又推进了一层。作者行文曲折跌宕,极委蛇波澜之致。明人茅坤评曰:"览之如游峭壁邃谷。"(《唐宋八大家文钞》)

伤 仲 永

　　金溪①民方仲永,世隶耕②。仲永生五年,未尝识书具③,忽啼求之。父异④焉,借旁近⑤与之。即书诗四句,并自为其名。其诗以养父母、收族⑥为意,传一乡秀才⑦观之。自是,指物作诗,立就,其文理皆有可观者。邑人⑧奇之,稍稍宾客⑨其父,或以钱币乞之。父利其然⑩也,日扳仲永环谒于邑人⑪,不使学。

　　予闻之也久。明道⑫中,从先人⑬还家,于舅家见之,十二三矣。令作诗,不能称⑭前时之闻。又七年,还自扬州,复到舅家,问焉,曰:"泯然⑮众人矣。"

　　王子⑯曰:"仲永之通悟⑰,受之天也。其受之天也,贤于材人⑱远矣。卒⑲之为众人,则其受于人者⑳不至也。彼其受之天也,如此其贤也,不受之人,且为众人。今夫不受之天,固众人,又不受之人,得为众人而已邪㉑?"

① 金溪:今江西金溪县。
② 世隶耕:世代务农。隶,属于。

③ 书具:书写工具,指笔、墨、纸、砚等。

④ 异:惊奇。

⑤ 旁近:邻居。

⑥ 收族:团结宗族乡亲。族,指同族的人。

⑦ 秀才:这里指一般学识优秀的读书人。

⑧ 邑人:同乡人。

⑨ 宾客:这里作动词讲,即请作客。

⑩ 利其然:贪图这样。

⑪ 扳:领。环谒:四处拜访。

⑫ 明道:宋仁宗的年号(1032—1033)。

⑬ 先人:指作者死去的父亲王益。明道二年(1033),王安石的祖父在临川去世,他随父亲回临川服丧。

⑭ 称:符合,相当。

⑮ 泯然:消失的样子。

⑯ 王子:王安石自称。子是古代男子的美称,后来文人常喜欢用以自称。

⑰ 通悟:通达聪慧。

⑱ 材人:有贤才的人。

⑲ 卒:最后。

⑳ 受于人者:指接受教育。

㉑ "又不受之人"二句意谓:缺乏天赋的人,如果不接受教育,还比不

上普通的人。得,能。

本文作于庆历三年(1043)。当时,作者在扬州任签判,因公差顺路回故乡临川。他在金溪舅父家得悉乡民方仲永的情况,有所感触,于是写了这篇文章。

本文通过叙述"神童"方仲永的故事,生动地说明了后天教育对于人才成长的决定性作用。天资聪颖的方仲永,幼年"指物作诗,立就",但因不接受教育,放弃了学习,结果一事无成。资质颖悟的神童尚且如此,对于天资平平的人来说,学习的重要性更是不言而喻的了。文中强调了人的知识和才能是通过后天才习得的,反映了作者在认识论上具有朴素唯物主义的观点。

本文的前两段简要地叙述了方仲永从"神童"演变至平庸之人的故事;后一段在前文叙事的基础上发表议论,指出了作文的主旨,也就是全文的中心。文章寓理于事,因事言理,前后对比,先扬后抑,叙事和议论相结合,言简而意深,显示出王安石的散文在青年时期就已达到了较高的水平。

同学一首别子固

江之南有贤人焉①,字子固,非今所谓贤人者,予慕而友之。淮②之南有贤人焉,字正之③,非今所谓贤人者,予慕而友之。二贤人者,足未尝相过也,口未尝相语也,辞币④未尝相接也。其师若⑤友,岂尽同哉?予考⑥其言行,其不相似者,何其少也!曰:"学圣人而已矣。"学圣人,则其师若友,必学圣人者。圣人之言行,岂有二哉?其相似也适然⑦。

予在淮南,为正之道子固,正之不予疑也⑧。还江南,为子固道正之,子固亦以为然。予又知所谓贤人者,既相似,又相信不疑也。

子固作《怀友》一首遗予⑨,其大略欲相扳以至乎中庸而后已⑩。正之盖亦常云尔。夫安驱徐行⑪,𨍭⑫中庸之庭,而造于其堂⑬,舍⑭二贤人者而谁哉?予昔非敢自必其有至也⑮,亦愿从事于左右焉尔。辅而进之,其可也。

噫!官有守⑯,私有系⑰,会合不可以常也。作《同学》

一首别子固,以相警⑱,且相慰云⑲。

① 江:指长江。贤人:指道德高尚的人。

② 淮:指淮河。

③ 正之:孙侔。

④ 辞币:书信和礼物。辞,书信。币,缯帛,古人常用作礼物。

⑤ 若:和。

⑥ 考:考核,引申为考察、观察。

⑦ 适然:应该,恰好。

⑧ 不予疑:"不疑予"的倒装。

⑨ 《怀友》:原文载宋代吴曾《能改斋漫录》卷十四。遗(wèi):赠送。

⑩ "其大略"句:曾巩《怀友》有"望中庸之域,其可以策而及也"之句。扳(pān),通"攀",援引。中庸,儒家奉行的道德标准,认为不偏为中,不变为庸,即不偏不倚,循常守旧。

⑪ 安驱徐行:稳步前进的意思。驱,行进。徐,缓。

⑫ 辚(lìn):车轮,这里用作动词。

⑬ 造:到。《论语·先进》:"子曰:'由(子路,孔子弟子)也升堂(大厅)矣,未入于室(内室)也。'"后世便以升堂入室比喻学习由浅入深的两个阶段。王安石在这里化用其意。

⑭ 舍:弃。

⑮ 必:肯定。其:这里指自己。

⑯ 守：工作岗位。

⑰ 私：私人。系：牵制，指系念的琐事。

⑱ 警：警策，勉励。

⑲ 云：句末助词，无义。

　　王安石和曾巩（子固）是北宋中期同时崛起于文坛的散文大家，两人有着很多相同的地方。他们既有江西同乡之谊，又有共同的理想追求，因此，自青年时代相识后便成为志趣相投的好友。庆历二年（1042），王安石与曾巩同时在京参加进士考试。王安石中进士后赴扬州任职，曾巩则落第回家乡。分别后，两人仍保持着密切的联系。庆历四年（1044），王安石回故乡探亲，特意去访问曾巩，并互相赠文送别。《同学》一首别子固，就是王安石在读了曾巩《怀友》一文后写的。"同学"，就是共同学习"圣人"的意思。

　　本文表现了王安石和友人之间互相敬慕、勉励，以期携手共进的情怀，也表明王安石青年时期就怀有企慕圣人、有所作为的志向，与《送孙正之序》的内容相接近。本文在表现形式上的最大特色，是陪衬法的运用。文章一开始便将曾巩和孙侔（正之）相提并论，称赞他们是学习圣人而言行一致的"贤人"，表示自己与他们志同道合，要互相勉励，以达到中庸之道的境界。因此,文章题为"别子固",却处处以孙正之陪说,写正之即是在写子固,反复强调,交互映发,错落参差,结构紧凑,而不显得单调重复。文章淡淡写来,却显得情真意笃。明人茅坤对本文有"文严而格古"(《唐宋八大家文钞》)之评。

上 人 书

尝谓文者,礼教治政云尔①。其书诸策而传之人,大体归然②而已。而曰"言之不文,行之不远"云者③,徒谓辞之不可以已也④,非圣人作文之本意也。

自孔子之死久,韩子⑤作,望圣人于百千年中,卓然也。独子厚⑥名与韩并,子厚非韩比也,然其文卒配韩以传⑦,亦豪杰可畏者也。韩子尝语人文矣,曰云云,子厚亦曰云云。疑二子者,徒语人以其辞耳。作文之本意,不如是其已也⑧。

孟子曰:"君子欲其自得之也。自得之,则居之安;居之安,则资之深;资之深,则取诸左右逢其原。"⑨孟子之云尔,非直施于文而已⑩,然亦可托⑪以为作文之本意。且所谓文者,务为有补于世而已矣;所谓辞者,犹器之有刻镂⑫绘画也。诚使巧且华,不必⑬适用;诚使适用,亦不必巧且华。要之以适用为本,以刻镂绘画为之容⑭而已。不适用,非所以为器也;不为之容,其亦若是乎? 否也。然容亦未可已也,勿先之⑮,其可也。

　　某学文久,数挟此说以自治⑯。始欲书之策而传之人,其试于事者,则有待矣。其为是非邪,未能自定也。执事,正人也,不阿⑰其所好者,书杂文⑱十篇献左右,愿赐之教,使之是非有定焉。

① 治政:政治。云尔:而已。
② 归然:归之于此。然,如此,指上文所云"礼教治政"。
③ "言之"两句:语出《左传·襄公二十五年》:"言之无文,行而不远。"
④ 徒谓:只是说。已:罢除,去掉。
⑤ 韩子:指韩愈。
⑥ 子厚:柳宗元,字子厚,唐代著名文学家、哲学家,有《河东先生集》。与韩愈同为古文运动倡导者,并称"韩柳"。
⑦ 卒:终于。配:匹敌,媲美。
⑧ 是:这,这样。已:止,够。
⑨ "孟子曰"八句:语出《孟子·离娄下》。原文作:"君子深造之以道,欲其自得之也……"引文首句文字有删略。
⑩ 直:特,只。施:施行。
⑪ 托:借。
⑫ 刻镂:雕刻。

⑬ 不必：不一定。

⑭ 容：容色，外表。

⑮ 先之：首先考虑辞采等形式。

⑯ 数(shuò)：屡次，时常。自治：自修。这里指研究文章学问之事。

⑰ 阿：阿谀，奉承。

⑱ 杂文：指书、序、原、说一类文章。

庆历六年(1046)，王安石写有《与祖择之书》等文，向祖择之等人介绍自己的写作经历和作文主张。这封信的内容和《与祖择之书》等文相近，可能是同时之作。

本文通过书信的形式，具体论述了文和辞的关系，实际上也就是文学的内容和形式的关系。作者把文和辞分开来讲，文指作文的本意，辞指文章的修辞润色。他认为，文学的内容不外是"礼教治政"，文学的作用在于"有补于世"。因此，在文学的内容和形式的关系上，他明确指出必须重视内容。他认为文之有辞，"犹器之有刻镂绘画"。制器的本意在于用，至于刻镂绘画，则是一种增添美观的装饰。在重视内容的前提下，作者并不轻视形式，但认为二者之间有主次的关系，即所谓"容亦未可已也，勿先之，其可也"。他认为古文家虽然夸谈文以明道，但其真实的心得则在文而不在道，文中所说韩愈、柳宗元"徒语人以其辞",正是这个意思。本文的论述比较全面,表明王安石在青年时期已经有了比较系统的文学观。

本文在写作上也颇有特色。作者运用比喻,形象地说明了文与辞之间的关系。文中还善于发挥虚字的作用,连用"者""也""云尔""而已"等语助词,形成文章唱叹有情的特点。

答曾子固书

某启：久以疾病不为问①，岂胜乡往②！前书疑子固于读经有所不暇③，故语及之。连得书，疑某所谓经者佛经也，而教之以佛经之乱俗④。某但言读经，则何以别于中国圣人之经⑤？子固读吾书每⑥如此，亦某所以疑子固于读经有所不暇也。

然世之不见全经⑦久矣。读经而已，则不足以知经。故某自百家诸子⑧之书，至于《难经》《素问》《本草》⑨，诸小说⑩，无所不读；农夫、女工，无所不问，然后于经为能知其大体而无疑。盖后世学者与先王⑪之时异矣，不如是不足以尽⑫圣人故也。扬雄虽为不好非圣人之书⑬，然于墨、晏、邹、庄、申、韩⑭，亦何所不读？彼致其知而后读⑮，以有所去取，故异学不能乱也⑯。惟其不能乱，故能有所去取者，所以明⑰吾道而已，子固视吾所知，为尚可以异学乱之者乎⑱？非知我也。

方今乱俗，不在于佛，乃在于学士大夫沉没利欲，以言相尚，不知自治而已。子固以为如何？

苦寒，比日侍奉万福⑲，自爱⑳。

① 不为问：没有进行问候。

② 岂：哪里，怎么。胜：尽。乡往：同"向往"。

③ 前书：前一封信。暇：空闲。

④ 乱俗：败坏风俗。

⑤ 中国圣人之经：指《易》《书》《诗》《礼》《春秋》等儒家经典。

⑥ 每：经常。

⑦ 全经：完整的经籍。

⑧ 百家诸子：指先秦至汉初的各种学术思想派别及其代表人物。这里指下文提到的"墨、晏、邹、庄、申、韩"等人。

⑨ 《难经》：中医学著作，旧题周秦越人（扁鹊）撰，共二卷八十一篇。其书发明《内经》之旨，经文有疑，各设问答，解释疑难，故称《难经》。《素问》：我国最早的中医理论著述，与《灵枢》合称《内经》。今本二十四卷八十一篇，内容论述解剖、生理、病理、诊断、卫生等各个方面。《本草》：本草原为中药的统称，故记载中药的书籍多称《本草》。宋以前有《神农本草经》《新修本草》等。

⑩ 诸：许多。小说：在古代，泛指神话传说、街谈巷语、志怪之人之作及传奇讲史等，与现代作为文学一大样式的小说概念不同。

⑪ 先王：指春秋时代以前的君主。

⑫ 尽：详尽了解。

⑬ "扬雄"句：语出扬雄《自序传》："非圣哲之书不好也。"为，谓，说。圣人之书，指儒家经典。

⑭ 墨：墨翟。晏：晏婴，字平仲，春秋时齐国大夫。他主张用礼来维护统治，君臣都应为国家办事，传世有后人依托的《晏子春秋》。邹：邹衍，亦作驺衍，齐国人，战国末期哲学家，阴阳家的代表人物，著作相传有《邹子》等，都已散佚。庄：庄周，宋国蒙(今河南商丘东北)人。战国时期哲学家，与老子并称老庄，为道家的代表人物，对后世影响很大，著作有《庄子》。申：申不害，郑国人，曾任韩昭侯的相十五年。战国时法家，主张法治，尤重以"术"来加强君主专制，著有《申子》。韩：韩非，战国末期思想家。出身韩国贵族，师事荀子，吸收了道、儒、墨各家的思想，尤其有选择地接受前期法家思想，为法家学说的集大成者，著有《韩非子》。

⑮ 彼：他。指扬雄。致：求得。

⑯ 异学：指儒家以外的其他学说。自西汉武帝罢黜百家、独尊儒学后，儒家学说在很长一段时期内被奉为封建统治者的正统学问。

⑰ 明：阐明。

⑱ 尚：还，犹。与下文"以言相尚"的"尚"作夸耀讲不同。

⑲ 比日侍奉万福：祝您双亲近日万福。这是旧时写信给有父母的人的一种客套话。侍奉，指服侍父母。

⑳ 自爱：自己多保重。

儒道佛三家合流而各有侧重,是宋代许多士大夫的特点,王安石也不例外。他喜读佛经,爱与僧人交往,因而招致友人曾巩的批评。这封信就是王安石对曾巩批评的答复。

本文的内容主要有两个方面。一是作者关于阅读儒家经典的看法。作者认为儒家的经典残缺不全,不能光靠读儒家经典的注疏来理解它的要义。他对汉儒以来用章句解析经义的做法深感不满,主张博览群书,并且不耻下问。二是文中表明了作者对于佛教的看法。王安石认为佛教不是扰乱社会风俗的因素。

作为书信,本文也称得上是一篇逻辑严密的论说文。全文始终围绕读书不能局限在儒家经典这一中心议题展开全面论述。对于曾巩提出的"佛经乱俗"的观点,王安石不仅直接表达了自己的不同看法,而且举扬雄的事迹加以印证,使文章更具说服力。最后,他又针对开头所谓"佛经乱俗"的问题,明确指出乱俗之源不在于佛教,而在于学士大夫的不良风气,从而进一步深化了文章的中心论点。文章立论层层深入,首尾呼应,结构严密。

这封信作年不详,可能作于宋仁宗庆历年间。这一时期,曾、王两人书信来往比较密切。同时,从信中问候语来看,当时曾巩父母尚健在。曾巩之父曾易占卒于庆历七年(1047),因此本文当作于庆历七年之前。

与马运判①书

运判阁下：比奉书②，即蒙宠答③，以感以怍④。且承访⑤以所闻，何阁下逮下之周也⑥！

尝以谓方今之所以穷空，不独费出之无节⑦，又失所以生财之道故也。富其家者资之国，富其国者资之天下，欲富天下则资之天地。盖为家者⑧，不为其子生财，有父之严⑨而子富焉，则何求而不得？今阖门而与其子市⑩，而门之外莫入焉，虽尽得子之财，犹不富也。盖近世之言利虽善矣，皆有国者资天下之术耳⑪，直⑫相市于门之内而已，此其所以困与⑬？在阁下之明，宜已尽知，当患不得为耳。不得为，则尚何赖于不肖者之言耶⑭？

今岁东南饥馑⑮如此，汴水又绝⑯，其经画⑰固劳心。私窃度之⑱，京师兵食宜窘⑲，薪刍百谷之价亦必踊⑳，以谓宜料畿兵之驽怯者㉑，就食诸郡㉒，可以舒漕挽之急㉓。古人论天下之兵，以为犹人之血脉，不及则枯，聚则疽。㉔分使就食，亦血脉流通之势也。傥㉕可上闻行之否？

① 马运判：马遵，字仲涂，饶州乐平(今江西乐平)人，当时任江淮荆湖两浙制置发运判官。
② 比：近来。奉：进献。
③ 即蒙宠答：意思是即蒙您回信答复。宠答，对上司回信答复的客气说法。
④ 以感以怍(zuò)：又感激又惭愧。怍，惭愧。
⑤ 访：询问。
⑥ 逮下：对待下属。逮，与。周：周全。
⑦ 不独费出之无节：不只是费用支出没有节制。节，节制。
⑧ 为家者：当家的人。为，治理。下句"不为"的"为"，作"与，对"讲。
⑨ 严：严格管理。
⑩ 阖(hé)：关闭。市：交易，买卖。
⑪ 有国者：指帝王。资天下之术：索取天下财富的方法。术，方法，手段。
⑫ 直：但，只不过。
⑬ 与：通"欤"，感叹词。
⑭ 何赖：犹言用不着。赖，依靠。不肖者：不贤的人。这里是作者的谦辞。
⑮ 饥馑：指灾荒。《尔雅·释天》："谷不熟为饥，蔬不熟为馑。"
⑯ 汴水：指当时从扬州通向汴京(今河南开封)的运河。绝：竭，干枯。

⑰ 经画：治理，筹划。
⑱ 私：我。窃：私下。度：估计。
⑲ 窘：困窘。
⑳ 薪刍(chú)：柴草饲料。薪，柴。刍，喂牲口的草。踊：上涨。
㉑ 料：计数，核计。畿(jī)兵：驻扎京都的士兵。古代王都所在处的千里地面称畿，后多指京城管辖的地区。驽怯者：低劣、胆怯的人，这里指老弱残兵。
㉒ 就食诸郡：指在各地就地解决士兵的给养问题。诸郡，泛指各地。
㉓ 舒：舒缓，缓和。漕挽：漕运，运输粮饷。水运称"漕"，陆运称"挽"。
㉔ "古人论天下之兵"四句：意思是古人议论天下的驻军，认为就像人的血脉，流通不到就会干枯，壅积在一起就会凝固。聚，壅积。疽(jū)，一种毒疮。这里指血脉流通受阻。
㉕ 倘：通"倘"，倘若，或许。

本文写于庆历七年(1047)，是王安石写给上司马运判的一封回信。当时，王安石任鄞县(今浙江宁波)知县。

王安石在信中指出，当时国家之所以财力困乏，不仅是由于财政用度没有节制，而且更重要的是没有发展生产、开辟财源。对于当时统治者只知道加重对百姓的剥削，而不想方设法通过经营来增加收入的财政政策，王安石给予了辛辣的讽刺,将这种现象比喻为父亲关起门来与儿子做买卖,虽然得到了儿子的全部财产,还是没有增加丝毫财富。针对当时的经济状况,他积极地提出了自己的改革建议,认为"欲富天下则资之天地",即通过发展生产来增加国家财政收入。

作为一封给上司的信,本文在稍事寒暄后就引入正题,提出了自己的观点。作者层层深入,运用比喻来增强论点的说服力;又列举当时形势说明采取具体改革措施的迫切性。本文以书信的方式发表议论,显示了王安石文章长于议论的特点。正如茅坤所说:"论理财,是荆公本色。"(《唐宋八大家文钞》)

根据文中提出的观点,可以看出青年王安石要求改革的理想和勇于建议的锐气;同时,也显示出他已初步形成了革新思想。他的这些观点,随着政治阅历的加深,逐渐发展,并在后来的变法运动中得到了部分的贯彻。

上杜学士①言开河书

十月十日,谨再拜奉书运使学士阁下:某愚不更事物之变②,备官节下③,以身得察于左右。事可施设④,不敢因循苟简⑤,以孤大君子推引之意⑥,亦其职宜也⑦。

鄞之地邑,跨负江海⑧,水有所去,故人无水忧。而深山长谷之水,四面而出,沟渠浍⑨川,十百相通。长老言钱氏时置营田吏卒⑩,岁浚治之⑪,人无旱忧,恃⑫以丰足。营田之废,六七十年,吏者因循,而民力不能自并⑬。向之渠川,稍稍⑭浅塞,山谷之水,转以入海而无所潴⑮。幸而雨泽时至,田犹不足于水。方夏历旬不雨,则众川之涸⑯,可立而须⑰。故今之邑民最独畏旱,而旱辄连年。是皆人力不至,而非岁之咎也⑱。

某为县于此,幸岁大穰⑲,以为宜乘人之有余,及其暇时,大浚治川渠⑳,使有所潴,可以无不足水之患。而无老壮稚少,亦皆惩旱之数㉑,而幸今之有余力,闻之翕然㉒,皆劝趋之㉓,无敢爱力。夫小人可与乐成,难与虑始。㉔诚有大利,犹将强之,况其所愿欲哉!㉕窃以为此亦执事之所欲闻也。

伏惟执事,聪明辨智,天下之事㉖,悉已讲而明之矣㉗,而又导利去害,汲汲㉘若不足。夫此最长民㉙之吏当致意者,故辄具以闻州,州既具以闻执事矣。顾其厝事㉚之详,尚不得彻㉛,辄条件㉜以闻。唯执事少留聪明㉝。有所未安,教而勿诛㉞,幸甚。

① 杜学士:杜杞,字伟长,常州无锡(今属江苏)人。时任两浙转运使。《宋史》卷三〇〇有传。转运使,简称运使。宋初为集中财权,置都转运使。转运使负责一路或数路财赋,并负有督察地方官吏的职责。其后职掌扩大,成为府州以上的行政长官。学士,指有学问的人,这里是对杜杞的尊称,并非指官职。
② 更:经历,经过。事物之变:指世态变化。
③ 备:充数。节下:犹言麾下,部下。
④ 施设:实施,办理。
⑤ 因循:照旧不改,引申为拖沓的意思。苟简:苟且简慢。
⑥ 孤:孤负,即辜负。大君子:这里是对杜杞的尊称。推引:推荐引进。
⑦ 其:指自己。宜:应该。

⑧ 跨：跨越。负：背靠。江：指甬江,在鄞县境内。海：指东海。

⑨ 浍(kuài)：田间水沟。

⑩ 长老：年长的人。钱氏：指五代时的吴越王。五代时,杭州临安(今属浙江)人钱镠(liú)占领江浙一带地区,自称吴越王。传至其孙钱俶(chù)时,降宋。前后共立国八十六年(893—978)。营田：屯田。

⑪ 岁：每年。浚(jùn)：疏通,深挖。

⑫ 恃：依靠。

⑬ 自并：自己组织起来。

⑭ 稍稍：渐渐。

⑮ 潴(zhū)：水停聚的地方。这里用作动词,作停蓄讲。

⑯ 涸(hé)：枯竭。

⑰ 可立而须：意思这是可以立刻和总归要发生的事情。须,终于,总归。

⑱ 岁：岁时,天时。咎：过错。

⑲ 穰(ráng)：丰收。

⑳ "以为"三句：意思是认为应该乘着农民有点余粮,又是农闲时候,大力疏通修治河道。

㉑ 惩：苦于。数(shuò)：频繁。

㉒ 翕(xī)然：和顺的样子。

㉓ 劝：勉励。趋：奔赴,归附。之：指开河事。

㉔ "夫小人"二句：语出《商君书·更法》："民不可与虑始，而可与乐成"。小人，这里泛指百姓。

㉕ "诚有大利"三句：意思是即使对农民很有利的事情，还要勉强他们去做，何况是他们自愿要做的事呢！

㉖ 事："事"下，一本有"小之为无间大至为无涯岸"十一字。

㉗ 悉：全部，都。讲：谋划，商议。

㉘ 汲汲：急忙的样子。

㉙ 长(zhǎng)民：抚育百姓，引申为治民。长，抚育。

㉚ 厝(cuò)事：措办事情。

㉛ 彻：贯通。引申为上报。

㉜ 条件：逐件条列。一本作"件其详"。

㉝ 少留聪明：稍稍留心。少，稍，略微。聪明，视听灵敏，这里是留心的意思。

㉞ 诛：责备。

本文是王安石在鄞县(今浙江宁波)知县任上不久写给上司杜学士的一封信，作于庆历七年(1047)。

王安石在这封信中汇报了鄞县的情况，并提出了兴修水利、发展农业生产的主张。根据鄞县的地理条件，他分析了当地的水利情况，阐明了兴修水利的重要性。文中用确切的事实痛斥了当时地方官吏因循保守的观念，直截了当地指出这个地区连年大旱的原因在于没有发挥人力作用,而并非自然条件不好的结果。因此,他建议组织民力,兴修水利,发展农业生产。他的这一主张不仅在鄞县得到了实施,而且还为他后来主政时推行农田水利法奠定了基础。

本文围绕"开河"一事,首先从当地的地理环境、水利情况以及历史事实等方面,论证其必要性;然后以当年农业丰收、人力有余、人心一致等现实情况,论述其可能性;最后又从职守方面,强调"导利去害"是官吏的职责所在,从而使文章论证充分,逻辑严密,富有说服力。明人茅坤评云:"行文婉而曲,论利害处简而悉。"(《唐宋八大家文钞》卷八十四)

鄞县经游记

庆历七年十一月丁丑,余自县①出,属民使浚渠川②,至万灵乡之左界,宿慈福院。戊寅,升鸡山,观碶工③凿石,遂入育王山④,宿广利寺,雨不克东⑤。辛巳,下灵岩,浮石湫之壑⑥以望海,而谋作斗门⑦于海滨,宿灵岩之旌教院。癸未,至芦江,临决渠之口,转以入于端岩之开善院,遂宿。甲申,游天童山⑧,宿景德寺。质明⑨,与其长老瑞新⑩上石,望玲珑岩,须猿吟者久之⑪,而还食寺之西堂,遂行,至东吴,具舟⑫以西。质明,泊舟堰下,食大梅山之保福寺庄,过五峰,行十里许,复具舟以西,至小溪,以夜中。质明,观新渠及洪水湾,还食普宁院。日下昃⑬,如林村。夜未中,至资寿院。质明,戒桃源、清道二乡之民以其事。凡东西十有四乡,乡之民毕已受事,而余遂归云。

① 县:指鄞县县城。
② 属(zhǔ):通"嘱",嘱托。浚(jùn):疏浚。
③ 碶(qì)工:石工。

④ 育王山：阿育王山，在鄞县境内。

⑤ 雨不克东：一本作"雨不止"。

⑥ 壑(hè)：深沟。

⑦ 斗门：古代指堤、堰上所设的放水闸门，或横截河渠，用以壅高水位的闸门。

⑧ 天童山：在鄞县境内。

⑨ 质明：天亮时。

⑩ 瑞新：景德寺长老。

⑪ 须猿吟者久之：等待猿吟很长时间。须，等待，停留。

⑫ 具舟：备办船只。具，备办。

⑬ 日下昃(zè)：傍晚。昃，日西斜。

　　王安石赴鄞县（今浙江宁波）知县任后不久，花了十三天时间，跑了全县十四个乡，对鄞县的地理环境和水利设施等情况作了一番调查研究并督促乡民兴修水利、发展生产，因此作了这篇《鄞县经游记》记录。

　　这篇二百余字的短文，以日志的形式记录了作者下乡调查并"属民使浚渠川"的工作。文章以时间为顺序，依次记录每天的工作，行文句式相近而并不枯燥呆板，由于在文中时时点缀以生活情景，如"浮石湫之壑以望海，而谋作斗门于海滨"

"上石望玲珑岩,须猿吟者久之"等描写,文章显得生动有致。

通过作者在本文中的记叙,读者看到了一位勤于政事的官吏的形象。正如茅坤所云:"县令如此,知非俗吏已。"(《唐宋八大家文钞》卷八十四)

答姚辟①书

姚君足下：别足下三年于兹②，一旦犯③大寒，绝不测之江④，亲屈⑤来门，出所为文书，与谒⑥并入，若将见贵者然。始惊以疑，卒⑦观文书，词盛气豪，于理悖焉者希⑧。间而论众经，有所开发。私独喜故旧之不予遗⑨，而朋友之足望也。

今冠衣而名进士者，用万千计。蹈道者有焉⑩，蹈利者有焉⑪。蹈利者则否；蹈道者，则未免离章绝句⑫，解名释数⑬，遽然自以圣人之术单此者有焉⑭。夫圣人之术，修其身，治天下国家，在于安危治乱⑮，不在章句名数焉而已。而曰圣人之术单此，妄也。虽然，离章绝句，解名释数，遽然自以圣人之术单此者，皆守经而不苟世者⑯也。守经而不苟世，其于道也几⑰，其去蹈利者则缅然⑱矣。观足下固已几于道，姑汲汲乎其可急⑲，于章句名数乎徐徐⑳之，则古之蹈道者，将无以出足下上。足下以为何如？

① 姚辟：字子张，金坛（今属江苏）人。中进士后历官项城令、通州通判等。嘉祐六年（1061）至治平二年（1065），他与苏洵一起在京编

修《太常因革礼》。

② 兹：现在。

③ 犯：冒着。

④ 绝不测之江：越过不可探测的大江。绝，越过。

⑤ 屈：屈驾，对人来访的敬辞。

⑥ 谒：名帖。

⑦ 卒：最后。

⑧ 于理悖焉者希：没有什么违背道理的地方。悖，违背。希，少。

⑨ 不予遗："不遗予"的倒装，意谓不忘记我。予，我。遗，忘记。

⑩ 蹈道者有焉：有履行道义的。蹈，履行，实行。

⑪ 蹈利者有焉：有追逐名利的。

⑫ 离章绝句：分章断句。绝，断。章句，章节与句子。这里指汉代儒生以分章析句来解说经义的一种著述之体，引申为句读训诂之学。

⑬ 解名释数：诠释辞义概念。名数，中国古代哲学家常以此指概念和气数。

⑭ 遽(jù)然：惶恐的样子。单：仅仅。

⑮ 安危治乱：平定危亡，治理乱世。

⑯ 不苟世者：不轻率迎合世俗的人。苟，苟合。

⑰ 其于道也几：这是接近于履行道义的。几，几乎，将近。

⑱ 缅然：遥远的样子。

⑲ 姑：姑且，暂且。汲汲：心情急切的样子。

⑳ 徐徐：迟缓的样子。

姚辟于宋仁宗皇祐元年(1049)中进士。王安石给他的这封信，从内容上来看，是针对进士考试而言的。王安石对进士考试并不很看重，尤其对以章句名数为考试内容的做法不以为然，因而劝姚辟不必争于研究章句名数。据此，本文可能作于姚辟中进士之前的一段时间。

本文和王安石的其他书信一样，也是一篇书信形式的议论文。王安石在信中论述了读书的目的及途径等问题。他分析了当时读书人应进士试的目的不外"蹈道"（履行道义）和"蹈利"（追逐名利）。对于"蹈利"者，王安石是不屑一说的；而对于那些热衷于研究章句名数之学，而对国家大事漠不关心的"蹈道"者，王安石也予以批评。他认为，儒家学术的精髓在于治理国家的方法，而这才是读书人应该努力学习的。本文体现了王安石重道崇经、经世致用的学术思想。

本文在写作方法上也颇有特色，出语轻婉而立论直截。前人评曰："势重语急，而用笔煞有停顿，简核老当，无一枝辞赘字，且能涵茹意思于笔墨之外，最可法。"（《唐宋文举要》甲编卷七引吴北江语）

老杜①诗后集序

予考古之诗,尤爱杜甫氏作者,其辞所从出,一莫知穷极,而病②未能学也。世所传已多,计尚有遗落,思得其完③而观之。然每一篇出,自然人知非人之所能为,而为之者,惟其甫也,辄能辨之。

予之令鄞④,客有授予古之诗世所不传者二百余篇。观之,予知非人之所能为,而为之实甫者,其文与意之著⑤也。然甫之诗其完见于今者,自予得之。世之学者,至乎甫而后为诗不能至,要之不知诗焉尔。呜呼!诗其难,惟有甫哉?自《洗兵马》下,序而次之⑥,以示知甫者,且用自发⑦焉。皇祐壬辰⑧五月日,临川王某序。

① 老杜:指唐代大诗人杜甫。
② 病:恨,不满。
③ 完:完整。
④ 令鄞:为鄞县县令。
⑤ 著:显明,显出。

⑥《洗兵马》：杜甫的古体诗名作。次：编排。

⑦ 发：启发。

⑧ 皇祐壬辰：皇祐四年（1052）。

　　杜甫是唐代伟大的现实主义诗人，也是王安石最推崇的前代诗人。在杜甫诗集的整理、注释和杜诗的思想、艺术研究方面，王安石都作出了不少贡献。从这篇《老杜诗后集序》中，就可以看出王安石在这方面的努力。

　　本文作于皇祐四年，当时王安石任舒州通判。在这之前，他在鄞县县令任上时，得到了"古之诗世所不传者二百余篇"，凭着他对杜甫诗的深刻理解和文史方面的深厚学养，判断其为杜甫诗，编成了一部《杜工部诗后集》，并撰写了这篇序言。王安石在这篇序言中，首先表述了自己对杜诗的热爱及其熟悉程度，然后介绍了自己编杜甫诗集的缘起和经过，明确了自己学习杜诗的追求。值得指出的是，王安石不仅是杜甫及其作品的崇拜者，也是杜诗艺术的步趋者。他熟读杜诗，对杜诗的艺术风格和特点有深刻的认识，从文中足见王安石对杜诗的用力之勤和浸淫之久。

　　作为一篇书序，本文相当简洁，而又充分表述了自己编集杜诗的目的和意义，符合书序之体，前人赞之有"深沉之思，简劲之言"（茅坤《唐宋八大家文钞》卷八六）。

芝 阁 记

祥符①时,封泰山②,以文③天下之平,四方以芝④来告者万数。其大吏,则天子赐书以宠嘉⑤之;小吏若⑥民,辄锡⑦金帛。方是时,希世⑧有力之大臣,穷搜而远采;山农野老,攀缘狙杙⑨,以上至不测之高,下至涧溪壑谷,分崩裂绝,幽穷隐伏,人迹之所不通,往往求焉。而芝出于九州、四海之间⑩,盖几于尽矣⑪。

至今上⑫即位,谦让不德⑬。自大臣不敢言封禅,诏有司以祥瑞告者皆勿纳⑭,于是神奇之产,销藏委翳于蒿藜榛莽之间⑮,而山农野老不独知其为瑞也。则知因一时之好恶,而能成天下之风俗,况于行先王之治哉?

太丘陈君⑯,学文而好奇。芝生于庭,能识其为芝,惜其可献而莫售也⑰,故阁于其居之东偏,掇取⑱而藏之。盖其好奇如此。

噫!芝一也⑲,或贵于天子,或贵于士,或辱⑳于凡民,夫岂不以时乎哉㉑?士之有道,固不役志于贵贱㉒,而卒㉓

所以贵贱者,何以异哉?此予之所以叹也。皇祐五年十月日记。

① 祥符:全称大中祥符,宋真宗赵恒的年号(1008—1016)。
② 封泰山:战国时一些儒生认为五岳中泰山最高,帝王应到泰山祭祀,登泰山筑坛祭天叫"封",在山南梁父山上辟基祭地叫"禅"。其后,不少封建帝王为宣扬天命论,都去泰山封禅。宋真宗祥符元年(1008),亦去泰山封禅。
③ 文:文饰。
④ 芝:灵芝,一种菌类植物,古人以为瑞草。
⑤ 宠嘉:恩宠和嘉奖。
⑥ 若:与,和。
⑦ 锡:同"赐"。
⑧ 希世:指附和世俗。
⑨ 攀缘:攀登。狙杙(jù yì):指像猴子一样攀着小木桩。狙,猕猴。杙,小木桩。
⑩ 九州:传说中的我国中原上古行政区划,其说不一,后泛指全中国。四海:古以中国四境有海环绕,因此指中国四周的海疆,后泛指全国各地。
⑪ 盖:大概。几:几乎,接近。
⑫ 今上:指宋仁宗赵祯,1022—1063 年在位。

⑬ 不德：不施恩德，引申为不使人感恩戴德。

⑭ 纳：收入，接受。

⑮ 销藏委翳(yì)：消失藏匿，埋没隐蔽。蒿藜榛莽：野草芜杂丛生。

⑯ 太丘：古县名，治所在今河南永城西北。陈君：名字不详。

⑰ "惜其"句：叹惜灵芝可以进献却不能实现这一目标。售，实现，达到。

⑱ 掇(duō)取：拾取。

⑲ 芝一也：灵芝是一样的。一，同样。

⑳ 辱：埋没。

㉑ 夫岂不以时乎哉：这难道不是由于时机的不同吗？时，时机。

㉒ 固不役志于贵贱：固然志向不为贵贱所驱使。役，驱使。

㉓ 卒：最后。

997年，宋太宗赵光义死，太子赵恒即位，成为宋朝的第三代皇帝，就是宋真宗。当时，宋朝国内已经统一，社会经济已经得到初步发展。然而，宋真宗却没有保持已有的成就，奢侈淫靡，歌舞升平。他大搞封禅，征求祥瑞。因此，全国上下竞相采集灵芝作为祥瑞进献，以致一时灵芝身价百倍。1022年，宋真宗死，太子赵祯即位，是为宋仁宗。鉴于前代的教训，仁宗以节俭标榜，禁止进献祥瑞。因此，王安石的友人陈君得到灵芝后,只得自藏于阁,并请王安石写了这篇文章。

本文作于宋仁宗皇祐五年(1053)。王安石在文中,首先叙述了真宗时举国上下搜求灵芝和仁宗时灵芝无人问津的这两种完全相反的情况,然后通过描述灵芝一物在真宗、仁宗两朝截然不同的遭遇,把灵芝的逢时与士大夫的进退遇合联系在一起,认为灵芝的遭遇正是当时士人命运的象征,从而抒发了自己的人生感慨,蕴含了作者对当时朝廷用人政策的不满。全文叙事和议论熔于一炉,深化了文章的主题,体现了王安石散文的特点,如茅坤所说是"荆公本色之佳处"(《唐宋八大家文钞》)。

游褒禅山①记

褒禅山亦谓之华山,唐浮图慧褒始舍于其址②,而卒③葬之,以故其后名之曰"褒禅"。今所谓慧空禅院者,褒之庐冢④也。距其院东五里,所谓华山洞者,以其乃华山之阳⑤名之也。距洞百余步,有碑仆道⑥,其文漫灭⑦,独其为文犹可识,曰"花山"。今言"华"如"华实"之"华"者,盖音谬也⑧。

其下平旷,有泉侧出⑨,而记游者⑩甚众,所谓前洞也。由山以上五六里,有穴窈然⑪,入之甚寒。问其深,则其好游者不能穷也⑫,谓之后洞。余与四人拥火⑬以入,入之愈深,其进愈难,而其见愈奇。有怠⑭而欲出者,曰:"不出,火且⑮尽。"遂与之俱出。盖予所至,比好游者尚不能十一⑯,然视其左右,来而记之者已少。盖其又深,则其至又加少矣。方⑰是时,予之力尚足以入,火尚足以明⑱也。既其出,则或咎其欲出者⑲,而予亦悔其随之,而不得极夫游之乐也⑳。

游褒禅山记

于是予有叹焉。古人之观于天地、山川、草木、虫鱼、鸟兽,往往有得㉑,以其求思㉒之深而无不在也。夫夷以近㉓,则游者众;险以远,则至者少。而世之奇伟、瑰怪、非常之观㉔,常在于险远,而人之所罕至㉕焉。故非有志者,不能至也。有志矣,不随以止也,然力不足者,亦不能至也。有志与力,而又不随以怠,至于幽暗昏惑,而无物以相㉖之,亦不能至也。然力足以至焉㉗,于人可为讥,而在己为有悔。尽吾志也而不能至者,可以无悔矣,其孰能讥之乎? 此予之所得也。

余于仆碑,又以悲夫古书之不存㉘,后世之谬其传而莫能名㉙者,何可胜㉚道也哉! 此所以学者不可以不深思而慎取㉛之也。

四人者:庐陵萧君圭君玉㉜,长乐王回深父㉝,余弟安国平父、安上纯父㉞。

至和元年七月某日㉟,临川王某记㊱。

① 褒(bāo)禅山:在今安徽含山县北。
② 浮图:梵文佛陀的旧译。有佛、佛教徒或佛塔等不同意义。这里指佛教徒(和尚)。慧褒:唐朝著名的和尚。他因喜爱含山县北的山林之美,在此筑室定居。舍:动词,指盖房子居住。址:基址,引申

为山脚。

③ 卒：最后。跟上文的"始"字照应，不作"死"讲。

④ 庐冢(zhǒng)：庐舍(禅房)和坟墓。

⑤ 阳：山的南面。上句"华山洞"，疑应作"华阳洞"。

⑥ 仆(pū)道：倒在路上。

⑦ 文：碑文。下句"其为文"的"文"，指碑上残存的文字。漫灭：指碑文剥蚀，模糊不清。

⑧ "今言"二句：大意是现在把"华(huā)山"的"华"，念作"华(huá)实"的"华"，看来是读错了音，即应该读作"花"。谬，错误，差错。

⑨ 侧出：从旁边流出。

⑩ 记游者：指在洞壁上题字留念的人。

⑪ 穴：洞穴。窈(yǎo)然：幽深的样子。

⑫ 好(hào)游者：喜欢游览的人。穷：尽，这里指走到洞的尽头。

⑬ 拥火：举着火把。

⑭ 怠：怠惰，这里指懒于前进。

⑮ 且：将要，快要。

⑯ 不能十一：不到十分之一。

⑰ 方：正当。

⑱ 明：照明。

⑲ 或：有人。咎(jiù)：责怪。

⑳ 极：尽，这里指尽兴。夫：指示代词，这次。

㉑ 得：心得。

㉒ 求思：探求、思索。

㉓ 夷：平坦。以：连词，而且。

㉔ 瑰(guī)怪：壮丽奇异。非常之观：平时很难看到的景物。

㉕ 罕至：很少到达。至，到达。

㉖ 相(xiàng)：辅助。

㉗ 然力足以至焉：疑这句后面省去"而不能至"之类的话。

㉘ 以：因而。悲：感叹。夫：语助词。

㉙ 名：指称，说明。

㉚ 胜(shēng)：尽，完全。

㉛ 慎取：慎重采用。

㉜ 庐陵：今江西吉安。萧君圭君玉：名君圭，字君玉，生平不详。

㉝ 长乐：今属福建。王回深父：名回，字深父，一作深甫，北宋学者。

㉞ 安国平父：王安国，字平父，一作平甫，王安石的长弟。安上纯父：王安上，字纯父，一作纯甫，王安石的幼弟。

㉟ 至和元年：1054年。至和，宋仁宗赵祯的年号(1054—1056)。

㊱ 王某：王安石自称。

宋仁宗至和元年七月，王安石任舒州通判期满，在离任赴京的途中路过褒禅山，写下了这篇游记。这是一篇通过记游说理的散文。全文主要围绕着两个问题展开。一是用登山探洞的亲身经历,具体生动地论述了志向、力量、物质条件三者之间的关系。作者反对浅尝辄止、半途而废,提倡深入探索、百折不回。他在文中指出,必须有理想、有能力、有客观物质条件的配合,才能做到这一点。二是由所见残碑,联想到由于古代文献资料的不足,致使后人以讹传讹,弄不清事情的真相,因而提倡学者必须"深思而慎取"。这两点都是从治学的角度来论述的,对其他领域也当然有一些启发意义。

本文以游记的形式,阐述人生哲理,在艺术表现上很有特色。文章以游踪为线索,先记游,后议论,议论承上文记游而来,记游为下文议论作铺垫,由具体事实的叙述到抽象道理的议论,转折变化十分自然。文章叙事简明生动,说理生动形象,叙事和说理结合得紧密自然。在结构上,上述两层意思并不平列叙述,而是以前者为主,后者为从,情理互见,虚实相生,整个布局显得灵活而富于变化。作者又善于发挥虚词的作用,文中连用二十个"其"字,节奏鲜明,无杂沓繁复之嫌,反而显得简洁稳健。明人茅坤评本文曰:"逸兴满眼而余音不绝。"(《唐宋八大家文钞》)

答钱公辅学士书①

比蒙以铭文见属②,足下于世为闻人③,为足以得显者铭父母④,乃以属于不腆⑤之文,似其意非苟然⑥,故辄为之而不辞。不图乃犹未副所欲⑦,欲有所增损。鄙文自有意义,不可改也。宜以见还,而求能如足下意者为之耳。

家庙⑧以今法准之,恐足下未得立也。足下虽多闻,要与识者讲之。如得甲科为通判⑨,通判之署,有池台竹林之胜,此何足以为太夫人之荣,而必欲书之乎?贵为天子,富有天下,苟不能行道,适足以为父母之羞,况一甲科通判?苟粗知为辞赋,虽市井⑩小人,皆可以得之,何足道哉?何足道哉?故铭以谓"闾巷⑪之士以为太夫人荣",明天下有识者不以置悲欢荣辱于其心也。太夫人能异于闾巷之士而与天下有识同,此其所以为贤而宜铭者也。至于诸孙,亦不足列。孰有五子而无七孙者乎⑫?七孙业文⑬有可道,固不宜略,若皆儿童,贤不肖未可知,列之于义何当也?

诸⑭不具道,计足下当与有识者讲之。南去愈远,君子惟慎爱自重。

① 钱公辅：字君倚，常州武进(今属江苏)人。曾任集贤校理、知制诰等职。学士：这里是对有学问的人的尊称，非指官名。
② 比：近来。铭文：指王安石所撰《永安县太君蒋氏墓志铭》。见：助动词，表人家对我如何。属(zhǔ)：通"嘱"，请托。
③ 闻人：有名声的人。
④ 显者：名人。铭父母：为父母作铭文。铭，这里用作动词。
⑤ 不腆(tiǎn)：不美好。这里用作自谦之词。
⑥ 苟然：草率的样子。
⑦ 不图：不意。副：符合。
⑧ 家庙：家族中奉祀祖先的祠堂。王安石《将氏墓志铭》："勗(xù)者其兴，以克有庙。"
⑨ 甲科：进士考试的优等。通判：官名。宋初始于诸州府设置，即共同处理政务之意。地位略次于州府长官，但握有连署州府公事和监察官吏的实权，号称"监州"。
⑩ 市井：群众进行买卖的地方，也作为市街的通称。
⑪ 闾巷：犹言里巷，泛指民间。王安石《永安县太君蒋氏墓志铭》："既其子官于朝，丰显矣，里巷之士以为太君荣，而家人卒亦不见其喜矣。"大意是说，钱母不因儿子得官荣显而喜，悲欢荣辱不放在心上，这是连当时一般士人也做不到的。所以信中下文有"太夫人能

异于闾巷之士,而与天下有识同"之语。

⑫ 五子:指钱公倓、公谨、公辅、公仪、公佐。七孙:王安石《永安县太君蒋氏墓志铭》:"孙七,皆幼云。"

⑬ 业文:学习文章。业,这里作动词用,指学习。

⑭ 诸:指示代词,指人或事物。上文"诸孙"之"诸"为副词,意为众多,与此不同。

本文写于宋仁宗至和元年(1054)。这年,王安石应邀为友人钱公辅之母撰写墓志铭,即《永安县太君蒋氏墓志铭》。该文长四百余字,扼要地叙述了蒋氏的道德行义,而对其家庭情况的介绍比较简略,体现了王安石所撰墓志铭的特点。钱公辅读到后,有所不满,认为不足以荣耀其母,要求王安石更改。因此,王安石写了这封信作答。在信中,他首先就钱公辅要求他更改墓志铭一事予以坚决地回绝,明确表示:"鄙文自有意义,不可改也。"这不仅充分表明了王安石为文不苟作的特点,也充分体现出王安石倔强而又自信的性格。接着,他又具体阐述了撰写墓志铭应注意的几个问题。对于当时一些墓志铭罗列墓主的子孙及其官职以炫耀的做法,王安石表示了异议。他认为,那些炫耀子孙、官职之类的俗套毫无意义,而应该以"行道"为荣耀的标准,即使"贵为天子,富有天下,苟不能行道,适足以为父母之羞"。这是一个十分大胆而又深刻的见解,显示出王安石不崇拜一切权威(甚至帝王)、不落俗套、不从流俗的精神风貌。

王逢原^①墓志铭

呜呼！道之不明邪^②，岂特教之不至也，士亦有罪焉。呜呼！道之不行邪，岂特化^③之不至也，士亦有罪焉。盖无常产而有常心者，古之所谓士也。^④士诚有常心，以操圣人之说而力行之，则道虽不明乎天下，必明乎己；道虽不行于天下，必行于妻子^⑤。内有以明于己，外有以行于妻子，则其言行必不孤立于天下矣。此孔子、孟子、伯夷、柳下惠、扬雄之徒所以有功于世也^⑥。

呜呼！以予之昏弱^⑦不肖，固亦士之有罪者，而得友焉。余友字逢原，讳令，姓王氏，广陵人也。始予爱其文章，而得其所以言；中予爱其节行，而得其所以行；卒予得其所以言，浩浩乎其将沿而不穷也^⑧。得其所以行，超超乎^⑨其将追而不至也。于是慨然叹以为可以任世之重而有功于天下者，将在于此，余将友之而不得也。呜呼！今弃余而死矣，悲夫！

逢原，左武卫大将军讳奉谭之曾孙，大理评事讳琪之孙,而郑州管城县主簿讳世伦之子。五岁而孤,二十八而卒。卒之九十三日,嘉祐四年九月丙申,葬于常州武进县⑩南乡薛村之原。夫人吴氏,亦有贤行,于是方娠⑪也,未知其子之男女。铭曰:

寿胡⑫不多？天实尔啬⑬。曰天不相⑭,胡厚尔德？厚以培之⑮,啬也推之⑯。乐以不罢⑰,不怨以疑。呜呼天民⑱,将在于兹⑲！

① 王逢原：王令(1032—1059),字逢原,广陵(今江苏扬州)人,北宋诗人。
② 道：道义,这里指儒家的政治思想。邪：语气词,同"也"。
③ 化：造化。
④ "盖无常产"二句：语出《孟子·梁惠王上》："无恒产而有恒心者,惟士为能。"恒产,固定的产业。恒,常。
⑤ 妻子：妻子和子女。
⑥ 伯夷：商孤竹君之子,因不愿接受叔齐的让位,两人都隐居首阳山,并因耻食周粟而饿死。柳下惠：展禽,春秋时鲁国大夫。展氏,名获,字禽,食邑在柳下,谥惠,以善于讲究贵族礼节著称。
⑦ 昏弱：愚昧软弱。
⑧ 浩浩乎：水势浩瀚广大的样子。沿：顺。

⑨ 超超乎：遥远的样子。

⑩ 常州武进县：今属江苏。

⑪ 娠(shēn)：指怀孕。

⑫ 胡：何,何故。

⑬ 啬：吝啬。

⑭ 相：辅助。

⑮ 厚：指上文所说上天厚赐的品德。培：栽培。

⑯ 啬：指上文所说上天吝啬给予的年寿。推：推重,推扬。

⑰ 罢：通"疲"。

⑱ 天民：指先知先觉的人。

⑲ 将：还是,抑或。兹：这里。

本文是王安石为悼念友人王令而作的一篇墓志铭,写于嘉祐四年(1059)。文中首先提出了"无常产而有常心者,古之所谓士也"这样一个标准,认为士的典范应该是孔子、孟子、伯夷、柳下惠、扬雄这类"有功于世"的人物。随后,作者回顾了自己与王令的交往过程,对王令的文章、节行作了高度评价,表达了自己痛失知音的感情,从而照应前文,认为王令是"可以任世之重而有功于天下者",即是和孔、孟等"古之所谓士"相提并论的人物。至此,文章才按常例叙述了王令的身世及丧葬等情况。最后的铭文再次表达了作者对王令的悼念之情。

本文与王安石写的不少墓志铭一样,以议论行之。这种写法虽然也有王令身世简单、无仕历可述等原因,但并非仅如明人茅坤所说的"通篇无事迹,独以虚景相感慨"(《唐宋八大家文钞》)。文中回顾作者和王令的交往,充满深情,而对士之标准的议论,不仅是对王令的表彰,更表达了作者对士风的评价,因此作者自认为"此于平生作铭,最为无愧"(《与崔伯易书》)。王安石给予王令这样一个布衣终生的青年诗人如此厚爱,也足见他对世俗的地位名声不屑一顾和渴求知音、奖掖后进的热忱。

度支副使①厅壁题名记

三司副使,不书前人名姓。嘉祐五年②,尚书户部员外郎吕君冲之③,始稽之众史④,而自李纮已上至查道⑤,得其名;自杨偕⑥以上,得其官;自郭劝⑦已下,又得其在事之岁时。于是书石而镵⑧之东壁。

夫合天下之众者财⑨,理天下之财者法,守天下之法者吏也。吏不良,则有法而莫守;法不善,则有财而莫理。有财而莫理,则阡陌闾巷之贱人⑩,皆能私取予之势⑪,擅万物之利⑫,以与人主争黔首⑬,而放其无穷之欲,非必贵强桀大⑭而后能。如是而天子犹为不失其民者,盖特号而已耳。⑮虽欲食蔬衣弊⑯,憔悴⑰其身,愁思其心,以幸⑱天下之给足,而安吾政,吾知其犹不得也。然则善吾法,而择吏以守之,以理天下之财,虽上古尧、舜,犹不能毋以此为先急⑲,而况于后世之纷纷⑳乎?

三司副使,方今之大吏,朝廷所以尊宠之甚备㉑。盖今理财之法,有不善者,其势皆得以议于上而改为之㉒。非特当守成法,咨㉓出入,以从有司之事㉔而已。其职事如此,则其人之贤不肖,利害施于天下,如何也? 观其人,以其在事之岁时,以求其政事之见于今者,而考其所以佐上理财之方㉕,则其人之贤不肖,与世之治否,吾可以坐而得矣㉖。此盖吕君之志也㉗。

① 度支副使:三司度支副使。宋真宗咸平六年(1003)起,在各部设副使一人,主管各部门事务。
② 嘉祐五年:1060年。
③ 吕君冲之:吕景初,字冲之,开封酸枣(今河南延津)人。以户部员外郎兼侍御史知杂事,判都水监,改度支副使。
④ 稽:考察。之:代词,这里指历任三司副使的姓名。众史:指宋代开国以来有关三司的资料文献。
⑤ 李纮(hóng):字仲纲,宋州楚邱(今河南滑县东)人。历梓州、陕西、河北路转运使,迁侍御史知杂事,为三司度支副使。查(zhā)道:字湛然,歙州休宁(今属安徽)人。咸平四年(1001)举贤良方正之士,授右正言,直史馆,不久出为西京转运使。咸平六年,三司使分部置副,被召入授工部员外郎,充任度支副使。
⑥ 杨偕:字次公,坊州中部(今属陕西)人。以尚书户部员外郎兼侍御史知杂事,判吏部流内铨,改三司度支副使。
⑦ 郭劝:字仲褒,郓州须城(今山东东平)人。据《续资治通鉴长编》卷

一一五载,景祐元年(1034)冬十月,他以兵部员外郎兼起居舍人的官职出使西夏。回国后兼侍御史知杂事,权判流内铨,迁工部郎中、度支副使。

⑧ 镵:刻。

⑨ "夫合天下"句:意思是统领天下的百姓要靠财力。合,聚集。

⑩ 阡陌:田间小路。东西叫阡,南北叫陌。这里泛指乡村。闾巷:街巷。这里泛指城镇。闾,古代巷口的门。贱人:身份低的人。这里指乡村兼并土地的大地主和城镇操纵市场的投机商人。

⑪ 私:占有,垄断。取予之势:指操纵财货的权力。取,买进或收进。予,卖出或散出。

⑫ 擅:独占,专有。万物:指天下一切货物、土地等。

⑬ 人主:指皇帝。黔(qián)首:战国及秦代对百姓的称谓,后以此指百姓。

⑭ 贵强桀(jié)大:指贵族、豪强、有势力的人,与"贱人"相对而言。

⑮ "如是"二句意谓:如果这样发展下去,即使皇帝还没有失去对老百姓的统治,也不过徒有空名罢了。特,只,不过。号,称号。

⑯ 衣敝:穿破衣服。衣,穿衣,这里作动词用。

⑰ 憔悴:形容困顿萎靡的样子。

⑱ 幸:希望。

⑲ 先急:当务之急。

⑳ 纷纷:纷乱,扰攘。形容时局混乱。

㉑ 尊宠：尊奉优待。甚备：十分周到。
㉒ "有不善者"二句意谓：有不完善的地方，按照他们的职权都能向皇上建议而加以改革。势，地位，权力。上，指皇帝。
㉓ 吝：吝惜，引申为紧缩。
㉔ 从有司之事：指按照各有关部门的职责办事务性的工作。
㉕ 考：考查。方：方法。
㉖ 坐而得矣：不用奔走就可以知道。形容了解十分容易。
㉗ 盖：大概。

嘉祐五年（1060），王安石时入北宋中央财政机构三司任度支判官，应三司副使吕景初的要求，而作此文。

王安石在这篇文章中着重阐述了整理财政的重要性。文章开头先简括地叙述了"厅壁题名"的大概，接着就借度支之题展开议论，直抒己见。作者论述了财、法、吏三者之间的关系，即"合天下之众者财，理天下之财者法，守天下之法者吏"，鉴于当时地主、富商、豪民的兼并活动对国家财政经济的严重危害，作者主张应完善法制，选用有才能的官吏来理财，即"善吾法而择吏以守之，以理天下之财"。这是全文的中心。文章最后借吕君之口说明写作本文的目的，强调了三司副使职务的重要性，其理财之所作所为关系到"世之治否"，从而又回到

"厅壁题名"上来,使上述意见得到归结,照应前面两段,且点明了厅壁题名的用意,突出了文章的主旨。

作为一篇记叙文,本文与以叙述、描写为主的传统记叙文不同,偏于议论,除了第一段外,几乎都以议论行之。因此,虽名为记,其实不妨看作是一篇精练扼要的说理文。这也是王安石不少记叙文的共同倾向。本文的特点还在于能灵活地组织材料,能放能收,有详有略。文章立论明确,论证严密,环环紧扣,笔力豪悍。以致明人茅坤赞道:"何等识见,何等笔力!"(《唐宋八大家文钞》)

上时政疏

年月日,具位臣某昧死再拜上疏尊号皇帝陛下①:臣窃观自古人主享国②日久,无至诚恻怛③忧天下之心,虽无暴政虐刑④加于百姓,而天下未尝不乱。自秦已下,享国日久者,有晋之武帝、梁之武帝、唐之明皇⑤。此三帝者,皆聪明智略有功之主也。享国日久,内外无患,因循苟且⑥,无至诚恻怛忧天下之心,趋过⑦目前,而不为久远之计,自以祸灾可以无及其身,往往身遇灾祸,而悔无所及。虽或仅得身免,而宗庙⑧固已毁辱,而妻子固以困穷,天下之民固以膏血涂草野⑨,而生者不能自脱于困饿劫束⑩之患矣。夫为人子孙,使其宗庙毁辱;为人父母,使其比屋⑪死亡,此岂仁孝之主所宜忍者乎?然而晋、梁、唐之三帝,以晏然⑫致此者,自以为其祸灾可以不至于此,而不自知忽然已至也。

盖夫天下至大器⑬也,非大明法度,不足以维持;非众建贤才,不足以保守。苟无至诚恻怛忧天下之心,则不能询考⑭贤才,讲求法度。贤才不用,法度不修,偷假⑮岁月,则幸或可以无他,旷日持久⑯,则未尝不终于大乱。

伏惟皇帝陛下,有恭俭之德,有聪明睿智之才,有仁民爱物之意,然享国日久矣,此诚当恻怛忧天下,而以晋、梁、唐三帝为戒之时。以臣所见,方今朝廷之位,未可谓能得贤才;政事所施,未可谓能合法度。官乱于上,民贫于下;风俗日以薄⑰,才⑱力日以困穷;而陛下高居深拱⑲,未尝有询考讲求之意。此臣所以窃为陛下计而不能无慨然⑳者也。

夫因循苟且,逸豫㉑而无为,可以侥幸㉒一时,而不可以旷日持久。晋、梁、唐三帝者,不知虑此,故灾稔㉓祸变,生于一时,则虽欲复询考讲求以自救,而已无所及矣!以古准㉔今,则天下安危治乱,尚可以有为。有为之时,莫急于今日。过今日,则臣恐亦有无所及之悔矣。然则以至诚询考而众建贤才,以至诚讲求而大明法度,陛下今日其可以不汲汲乎㉕?《书》曰:"若药不瞑眩,厥疾弗瘳。"㉖臣愿陛下以终身之狼疾为忧㉗,而不以一日之瞑眩为苦。

臣既蒙陛下采擢㉘,使备从官㉙,朝廷治乱安危,臣实预㉚其荣辱,此臣所以不敢避进越㉛之罪,而忘尽规之义㉜。伏惟陛下深思臣言,以自警戒,则天下幸甚!

① 具位臣：谓备位充数之臣。这是唐宋以后，官吏在公文底稿上或文集里对自己官职等的简写。昧死：冒死。古时臣下上书多用此语，以示敬畏。尊号皇帝：这里指宋仁宗。尊号，尊崇皇帝、皇后的称号。宋仁宗在天圣二年(1024)、明道二年(1033)、景祐二年(1035)等先后上尊号。因为皇帝、皇后的尊号往往很长，所以这里是省称。
② 享国：享有其国，指帝王在位。
③ 恻怛：忧伤、悲痛，也作同情、哀怜讲。
④ 虐刑：残暴的刑罚。虐，残暴。
⑤ 晋之武帝：司马炎(236—290)，晋朝的建立者，265—290年在位。在位时，规定按官品高低占田，并允许依官品荫庇亲属和占有佃客等，不纳赋税，加强了门阀制度。又大封宗室，导致其后皇室内讧。生活荒淫，死后不久，全国就又陷入分裂混战的局面。梁之武帝：萧衍(464—549)，南朝梁的建立者，502—549年在位。即位后，重用士族，残酷剥削农民，多次镇压农民起义。又崇信佛教，大建寺院。中大同二年(547)，他接受东魏大将侯景的归降。后二年，侯景引兵渡江，发动叛乱，攻破都城，他饥病而死。唐之明皇：唐玄宗李隆基(685—762)，712—756年在位。因谥号为至道大圣大明孝皇帝，故称唐明皇。即位后，初期先后任用姚崇、宋璟为相，改革弊政，社会经济有所发展，被史家誉为"开元之治"。后期任用李林甫、杨国忠等主政，官吏贪渎，政治腐败。又爱好声色，奢侈荒淫。

同时,由于府兵制遭破坏,京师和中原地区武备空虚,西北和北方各镇节度使掌握重兵,天宝十四载(755)爆发了安史之乱。次年,他逃往四川,太子李亨(肃宗)即位,尊他为太上皇。至德二载末(757)回长安,后抑郁而死。

⑥ 因循:照旧不改。苟且:只图目前,得过且过。

⑦ 趋过:度过。趋,行。

⑧ 宗庙:古代帝王祭祀祖先之处,也作为古代王室的代称,意即国家。

⑨ 膏血:指人体的脂肪、血液。涂:染污。草野:乡野。

⑩ 劫束:劫掠、束缚。

⑪ 比屋:指家家户户。比,相连。

⑫ 晏然:安逸的样子。

⑬ 大器:指重要宝贵的东西,这里喻指国家。

⑭ 询考:考核。

⑮ 偷假:苟延。偷,苟且。

⑯ 旷日持久:空废时日,拖延很久。

⑰ 薄:浇薄,不厚道。

⑱ 才:通"财"。

⑲ 深拱:深居宫中,拱手不动。指不理政事。

⑳ 慨然:感慨叹息的样子。

㉑ 逸豫:安乐。

㉒ 侥幸：偶然获得意外的利益或免去不幸，也指希望获得意外成功。

㉓ 灾稔(rěn)：灾难酝酿成熟。稔，本指庄稼成熟。

㉔ 准：衡量。

㉕ 汲汲乎：心情急切的样子。

㉖ "若药"二句：语出《书·说命上》，意谓假使吃了药后，药性不发作，心里不难受，那么他的疾病也不会痊愈。瞑(miàn)眩，指药性发作时心里难受的感觉。厥，代词，犹"其"。瘳(chōu)，病愈。

㉗ 狼疾：语出《孟子·告子上》："养其一指而失其肩背而不知也，则为狼疾人也。"意谓只知养小(一指)，不知养大(肩背)，是医生中的昏乱者。狼疾，犹"狼藉"，昏乱之意。

㉘ 采擢：选拔任用。

㉙ 从官：古时皇帝的侍从官吏。当时王安石任知制诰，属侍从官。

㉚ 预：参与。

㉛ 进越：超越权限。

㉜ 义：义务，责任。

本文写于宋仁宗嘉祐六年(1061)，王安石时任知制诰，替皇帝起草文书。两年前，他在《上仁宗皇帝言事书》里提出了自己关于改革的系统主张，然而并未引起已经变得平庸而无所作为的宋仁宗和当朝大臣应有的注意。因此，王安石在嘉祐五年、六年又分别写了《拟上殿札子》和《上时政疏》两个奏章,再次强调和补充了《上仁宗皇帝言事书》中提出的观点。

《上仁宗皇帝言事书》系统地提出了变法的根本要求和具体措施,而本文则从总结历史的经验教训出发,着重论述变法革新的迫切性。文章首先引述晋武帝司马炎、梁武帝萧衍、唐明皇李隆基这三位历史上的著名君主在位时发生危机甚至丧失政权的历史事例,并加以分析,从而得出因循守旧必然招致危亡的结论。接着,作者借古鉴今,将当时宋仁宗统治下的宋代社会情况与晋、梁、唐三帝的时代加以比较,揭露了当时在太平假象掩盖下的严重政治危机,给当时在位已近四十年的宋仁宗敲了警钟。由此,文章最后再次强调了进行以"大明法度,众建贤才"为主要内容的改革的迫切性。

本文"以古准今",议论尖锐,感情激越,充分表现出王安石对北宋王朝命运的深切忧虑和要求改革的急切心情。文章简而有法、结构完整。

风　俗

　　夫天之所爱育者，民也；民之所系仰①者，君也。圣人上承天之意，下为民之主，其要在安利之。而安利之之要不在于它，在乎正风俗而已。故风俗之变，迁染民志②，关之盛衰，不可不慎也。

　　君子制③俗以俭，其弊为奢。奢而不制，弊将若之何？夫如是，则有殚④极财力、僭渎拟伦⑤，以追时好者矣。且天地之生财也有时，人之为力也有限，而日夜之费无穷。以有时之财、有限之力，以给无穷之费，若不为制，所谓积之涓涓而泄之浩浩⑥，如之何使斯民不贫且滥⑦也！国家奄有诸夏⑧，四圣⑨继统，制度以定矣，纪纲以缉⑩矣，赋敛⑪不伤于民矣，徭役以均矣，升平之运⑫未有盛于今矣。固当家给人足，无一夫不获其所矣。然而婺人⑬之子，短褐未尽完⑭；趋末之民⑮，巧伪未尽抑⑯，其故何也？殆风俗有所未尽淳欤？⑰

　　且圣人之化，自近及远，由内及外。是以京师者，风俗之枢机⑱也,四方之所面内⑲而依仿也。加之士民富庶,财物毕会⑳,难以俭率㉑,易以奢变。至于发一端,作一事,衣冠车马之奇,器物服玩之具㉒,旦更㉓奇制,夕染诸夏㉔。工者矜能㉕于无用,商者通货㉖于难得,岁加一岁,巧眩㉗之性不可穷,好尚之势多所易㉘,故物有未弊而见毁于人,人有循旧而见嗤㉙于俗。富者竞以自胜,贫者耻其不若,且曰:"彼人也,我人也,彼为奉养若此之丽,而我反不及!"由是转相慕效,务尽鲜明㉚,使愚下之人有逞㉛一时之嗜欲,破终身之赀㉜产而不自知也。

且山林不能给野火,江海不能实漏卮。㉝淳朴之风散,则贪饕㉞之行成;贪饕之行成,则上下之力匮㉟。如此则人无完行㊱,士无廉声;尚陵逼㊳者为时宜,守检柙㊴者为鄙野;节义之民少,兼并㊵之家多;富者财产满布州域,贫者困穷不免于沟壑。夫人之为性,心充㊶体逸则乐生,心郁㊷体劳则思死。若是之俗,何法令之能避哉? 故刑罚所以不措㊸者,此也。

且坏崖破岩之水,原自涓涓;干云㊹蔽日之木,起于青葱。禁微者易,救末者难。所宜略依古之王制,命市纳贾㊺,以观好恶。有作奇技淫巧以疑众者㊻,纠罚之;下至器物馈具⁴⁷,为之品制以节之;工商逐末者,重租税以困辱之。民见末业之无用,而又为纠罚困辱,不得不趋田亩。田亩辟,则民无饥矣。以此显示众庶,未有辇毂⁴⁸之内治而天下不治矣。

① 系仰:依靠,仰望。
② 迁染:指性情被习俗潜移默化。迁,改变。志:思想。
③ 制:制约,约束。
④ 殚:竭尽。
⑤ 僭渎(jiàn dú):超越本分。僭,旧指下级冒用上级的名义、礼仪或器物,超越本分。渎,轻慢,亵渎。拟伦:模仿同类,这里指向富人看齐。伦,同辈,同类。
⑥ 涓涓:细水慢流貌。浩浩:水盛大貌。
⑦ 滥:越轨。《论语·卫灵公》:"小人穷斯滥矣。"
⑧ 奄有:拥有。奄,覆盖,包括。诸夏:古代指华夏族居住的地方。这里指宋朝的疆土。
⑨ 四圣:指宋朝开国以来的宋太祖、太宗、真宗、仁宗四帝。
⑩ 缉:通"辑",协和。
⑪ 赋敛:赋税征收。
⑫ 升平之运:太平时世。
⑬ 窭(jù)人:贫寒的人。

⑭ 短褐：粗麻短衫。完：完好。

⑮ 趋末之民：指商人。古代称工商等业为末业，与称为"本业"的农业相对。

⑯ 抑：抑制。

⑰ "殆风俗"句意谓：大概是风俗还不很淳朴吧。殆，大概。淳，淳朴。

⑱ 枢机：比喻事物运动的关键。

⑲ 面内：面向。

⑳ 毕会：全都集中。毕，都，全。

㉑ 率：率领。这里引申为转移。

㉒ 具：齐备。

㉓ 更：换。

㉔ 夕染诸夏：晚上就影响到全国各地。

㉕ 矜能：夸耀才能。

㉖ 通货：交接货物，即做买卖。

㉗ 眩：通"炫"，炫耀。

㉘ 易：更换。

㉙ 嗤：讥笑。

㉚ 鲜明：新奇漂亮。

㉛ 逞：炫耀，卖弄。

㉜ 赀：同"资"。

㉝ "且山林"两句：语出王符《潜夫论·浮侈第十二》。意谓山林不能

满足燃烧的野火,江海不能灌满下漏的酒器。给(jǐ),满足。漏卮(zhī),渗漏的酒器。

㉞ 贪饕(tāo):贪婪。

㉟ 匮:缺乏,不足。

㊱ 完行:完美的德行。

㊲ 廉声:廉洁的声名。

㊳ 陵逼:欺凌,压迫。

㊴ 检柙(yā):规矩。

㊵ 兼并:指土地兼并。

㊶ 充:充实,充足。

㊷ 郁:忧愁。

㊸ 措:废置,搁置。

㊹ 干云:入云。干,犯。

㊺ 命市纳贾:命令掌管市场的官吏上报物价。纳贾,上报物价。贾,通"价"。

㊻ "有作"句:语出《礼记·王制》:"作淫声异服、奇技奇器以疑众,杀。"

㊼ 馔(zhuàn)具:食具。

㊽ 辇毂(niǎn gǔ):指京都。辇,人推挽的车,秦汉后特指皇帝皇后所乘的车。毂,车轮中心的圆木。

风俗

本文写作年代不详。从文中所说当时"国家奄有诸夏,四圣继统"之语来看,"四圣"指宋朝开国以来的宋太祖、太宗、真宗、仁宗四帝,那么本文当写于仁宗在世时,即嘉祐八年(1063)之前。

在这篇文章中,王安石把风俗问题视作关系到国家兴衰的重要问题,把"变风俗,立法度"视为当务之急。他在文中具体分析了当时的风俗情形,阐明了革除奢华风俗,发展生产,抑制兼并,从而使国家富强起来的主张。作者在文中提倡用俭朴来约束风俗,即"君子制俗以俭",而奢华会使国力贫乏、百姓困穷。除此之外,作者还建议通过立法来革除奢华的风俗。需要指出的是,王安石的这些看法,是建立在儒家传统的重农轻商即重本轻末的思想基础之上的,所以文中对"工者矜能于无用,商者通货于难得"的现象表示愤慨,要求"有作奇技淫巧以疑众者,纠罚之;下至器物馔具,为之品制以节之;工商逐末者,重租税以困辱之"。以现在的视角来看,这些主张对于商业的发展、技术的进步,以及生活质量的提高,无疑具有消极作用的。

本文论点明确,论述充分。在论述中,作者广泛运用了比喻和排比的修辞手法,议论生动、形象,同时也增强了文章的气势。

材　论

　　天下之患,不患材之不众,患上之人不欲其众;不患士之不欲为,患上之人不使其为也。夫材之用,国之栋梁也,得之则安以荣,失之则亡以辱。然上之人不欲其众、不使其为者,何也?是有三蔽①焉。其尤蔽者,以为吾之位可以去辱绝危,终身无天下之患,材之得失无补于治乱之数②,故偃然肆吾之志③,而卒④入于败乱危辱,此一蔽也。又或以谓吾之爵禄⑤贵富足以诱天下之士,荣辱忧戚⑥在我,是吾可以坐骄⑦天下之士,而其将无不趋我者,则亦卒入于败乱危辱而已,此亦一蔽也。又或不求所以养育取用之道,而諰諰然⑧以为天下实无材,则亦卒入于败乱危辱而已,此亦一蔽也。此三蔽者,其为患⑨则同。然而用心非不善,而犹可以论其失者,独以天下为无材者耳。盖其心非不欲用天下之材,特⑩未知其故也。

　　且人之有材能者,其形何以异于人哉?惟其遇事而事治,画策⑪而利害得,治国而国安利,此其所以异于人者也。

上之人苟不能精察之，审用之，则虽抱皋、夔、稷、契之智[12]，且不能自异于众，况其下者乎？世之蔽者方曰："人之有异能于其身，犹锥之在囊，其末立见[13]，故未有有实而不可见者也。"此徒有见于锥之在囊，而固未睹夫马之在厩[14]也。驽骥杂处[15]，其所以饮水食刍[16]，嘶鸣蹄啮[17]，求其所以异者盖寡。及其引重车，取夷路[18]，不屡策[19]，不烦御[20]，一顿其辔而千里已至矣[21]。当是之时，使驽马并驱，则虽倾轮绝勒[22]，败筋伤骨，不舍昼夜而追之，辽乎[23]其不可以及也，夫然后骐骥騕褭与驽骀别矣[24]。古之人君，知其如此，故不以天下为无材，尽其道以求而试之耳。试之之道，在当其所能而已。

夫南越之修簳[25]，镞以百炼之精金[26]，羽以秋鹗之劲翮[27]，加强弩之上而轪[28]之千步之外，虽有犀兕之捍[29]，无不立穿而死者，此天下之利器，而决胜觌武[30]之所宝也。然而不知其所宜用，而以敲扑[31]，则无以异于朽槁之梃也[32]。是知虽得天下之瑰材桀智[33]，而用之不得其方，亦若此矣。古之人君，知其如此，于是铢量[34]其能而审处之，使大者小者、长者短者、强者弱者无不适其任者焉。如是则士之愚蒙鄙陋者，皆能奋[35]其所知以效小事，况其贤能、智力卓荦[36]者乎？呜呼！后之在位者，盖未尝求其说而试之以实也，而坐㊲曰天下果无材，亦未之思而已矣。

或曰："古之人于材有以教育成就之，而子独言其求而用之者，何也？"曰：天下法度未立之先，必先索天下之材而用之；如能用天下之材，则能复先王之法度。能复先王之法度，则天下之小事无不如先王时矣，况教育成就人材之大者乎？此吾所以独言求而用之之道者。

噫！今天下盖尝患无材。吾闻之，六国合从㊳，而辩说之材出；刘、项并世㊴，而筹画战斗之徒起；唐太宗㊵欲治，而谟谋㊶谏诤之佐来。此数辈者，方此数君未出之时，盖未尝有也，人君苟欲人，斯至矣。今亦患上之不求之、不用之耳。天下之广，人物之众，而曰果无材可用者，吾不信也。

① 蔽：遮挡，障碍，这里引申为偏见。
② 数：命运。
③ 偃(yǎn)然：安然，任意。肆：放纵。
④ 卒：终于。
⑤ 爵禄：官位和俸禄。
⑥ 忧戚：忧伤。戚，悲伤。
⑦ 坐骄：傲视。坐，引申为不动，比喻自得的样子。

⑧ 谡(xǐ)谡然：忧心忡忡的样子。

⑨ 患：祸害。与上文"患"作"忧虑"解不同。

⑩ 特：但，只不过。

⑪ 画策：出谋献策。画，谋划。

⑫ 皋(gāo)：指皋陶(yáo)，相传曾被舜任为掌管刑法的官。夔(kuí)：相传为尧、舜时的乐官。稷：指后稷，名弃，相传他善于种植各种粮食作物，在尧、舜时任农官。契(xiè)：传说为商的始祖，被舜任为司徒，掌管教化。

⑬ "犹锥之"二句：比喻有才能的人是不会被埋没的。据《史记·平原君列传》载，秦围赵国都城邯郸，赵国公子平原君赵胜向楚国求救，门客毛遂自荐同行。平原君说："夫贤士之处世也，譬若锥之处囊中，其末立见。"囊，口袋。末，尖端。见，通"现"，显露。本文用此典。

⑭ 厩：马房。

⑮ 驽(nú)：劣马。骥：好马。

⑯ 刍(chú)：喂牲畜的草。

⑰ 啮(niè)：咬。

⑱ 夷路：平坦的道路。夷，平坦。

⑲ 策：本指马鞭，这里指鞭策驱驰。

⑳ 御：驾驭。

㉑ 顿：通"振"，抖擞。辔(pèi)：驾驭牲口用的嚼子和缰绳。

㉒ 倾轮：车轮倾斜。绝勒：缰绳拉断。绝，断。勒，带嚼口的马络头。

㉓ 辽乎：遥远的样子。

㉔ 骐(qí)骥：良马。骕袅(niǎo)：骏马名。驽骀(tái)：劣马。

㉕ 南越：古国名，其地在今广西、广东一带。修簳(gǎn)：长箭。

㉖ 镞(zú)：指箭头。精金：精钢。

㉗ 鹗(è)：一种长翼凶猛的鸟，又叫鱼鹰。劲翮(hé)：坚硬的翎管。

㉘ 彍(kuò)：张满弓弩。

㉙ 犀(xī)：雄犀牛，有两角。兕(sì)：雌犀牛，有一角。捍：凶猛。

㉚ 觌(dí)武：以武力相见，指打仗。觌，相见。

㉛ 敲扑：敲打。

㉜ 朽槁(gǎo)：枯干。梃(tǐng)：棍子。

㉝ 瑰材桀(jié)智：奇伟杰出的人才。

㉞ 铢(zhū)量：仔细衡量。铢，我国古代衡制中一个微小的重量单位。《汉书·律历志上》："二十四铢为两，十六两为斤。"

㉟ 奋：振作兴起。

㊱ 卓荦(luò)：突出。

㊲ 坐：徒然，空。

㊳ 六国合从：指战国时期齐、楚、燕、韩、赵、魏六国联合起来与秦国抗衡。因六国地连南北，故称他们的联合为合纵。从，通"纵"。

㊴ 刘、项并世：刘指刘邦，项指项羽，皆为秦末反秦起义军领袖。秦亡后，项羽自立为西楚霸王，封刘邦为汉王。不久，楚、汉之间展开了

长达五年的战争。前202年,刘邦战胜项羽,即皇帝位,建立汉朝,即汉高祖;项羽则兵败自杀。

㊵ 唐太宗:李世民,唐高祖李渊的次子,唐朝第二位皇帝。他常以"亡隋为戒",较能任贤纳谏。他统治时期,社会经济有所恢复,被史家誉为治世。

㊶ 谟谋:计策谋略。

  人才问题一直是王安石关注的重点,本文就是他关于人才问题的一篇专论。作者在文中论述统治者应如何去发现人才和使用人才,对人才的重要性和选拔任用人才的方法,作了相当精辟的阐述。

  本文开门见山地指出了上层统治者在对待人才问题上的三种偏见,并指出了这些偏见对国家政权的危害。应该说,作者指出的这三种偏见是很有普遍性的,也是从历史经验中得出来的,即使在今天也有一定的现实意义。接着,作者在文中用了两段比喻,着重批驳"以天下为无材"的观点,强调要在实践中即使用中发现人才,使用人才必须发挥其特长。最后,作者用战国、秦汉之际和唐太宗时因形势需求不同而涌现不同类型的人才的历史事实,说明人才总是应运而生,再次批驳了那些认为天下"无材可用"的观点。

在写作上,本文运用了多种修辞手法,增强文章的说服力,形象生动。文中使用了马和箭两组比喻,同时在每组比喻中又加以对比,十分鲜明、形象。此外,文中还运用了排比和反复,本体和喻体都是成双成组地出现,句式整齐,增强了文章的气势,而同样的意思和句式在文中反复出现,论点不断被强调、深化,给读者留下了深刻的印象。

读孟尝君①传

世皆称孟尝君能得士②,士以故归之③,而卒赖其力以脱于虎豹之秦④。嗟乎!孟尝君特鸡鸣狗盗之雄耳⑤,岂足以言得士?不然,擅⑥齐之强,得一士焉,宜可以南面而制秦⑦,尚何取鸡鸣狗盗之力哉?夫鸡鸣狗盗之出其门,此士之所以不至也。

① 孟尝君:田文,战国时齐国的贵族,齐相田婴的庶子。袭父封爵,封于薛(今山东滕县南),号孟尝君,他与赵国贵族平原君赵胜、魏国贵族信陵君魏无忌、楚国贵族春申君黄歇,都以好客养士出名,称为"战国四公子"。
② 得士:得到士人的欢心。这里指孟尝君能"礼贤下士",与士相得。
③ 以故:因为这个缘故,指"能得士"。归:投奔,归顺。之:他,指孟尝君。
④ 卒:终于。赖:依赖,依靠。脱:逃脱。虎豹:形容凶暴。不少封建史学家笼统地把秦国称为"暴秦",王安石沿袭了这一观点。
⑤ 特:只不过。鸡鸣狗盗:据《史记·孟尝君列传》记载,孟尝君曾因

故被秦所囚，其手下门客一个会学狗叫，一个会学鸡叫，并凭此特技盗得贵重物品贿赂秦王宠妃并骗开关门，逃回齐国。雄：首领。

⑥ 擅：据有。

⑦ 宜：应该。南面而制秦：使秦国国君来向齐国国君朝拜称臣。南面，古代帝王均坐北朝南。

　　孟尝君是战国时期齐国的公子，以招纳贤士而著称。司马迁在《史记》中记载了孟尝君的事迹。这篇短文，就是王安石读了《史记·孟尝君列传》后写下的感想。他在文中一反"孟尝君能得士"这个传统看法，认为"士"必须具有经邦济世的雄才大略，而那些"鸡鸣狗盗"之徒是根本不配"士"这个高贵称号的。文章借题发挥，反映了作者豪迈的气魄和自负的态度。

　　本文共四句九十字。首句亮出"孟尝君能得士"这个传统观点，不加褒贬，文势平稳以引出下文。接着两句反问，似石破天惊，顿起波澜，先分析孟尝君门下"士"的构成情况，再指出孟尝君在历史上的作用，一层紧接一层，用史实力破所谓"得士"之论。最后一句总结了孟尝君不能得士的原因，指出鸡鸣狗盗之徒出入他门下，所以真正的士人就不来投奔他了。文章至此，戛然而止。寥寥数言，无一句闲语，给人一种显豁的新鲜感觉。

本篇行文持之有故,言之成理,是历代传诵的"翻案"名作。文章笔力峭拔,辞气凌厉,缓起陡转,承进疾收,写得抑扬反复而转折有力,是短篇文章中的典范。清人沈德潜评云:"语语转,笔笔紧,千秋绝调。"(《唐宋八家文读本》)刘大櫆评云:"寥寥数言,而文势如悬崖断堑,于此见介甫笔力。"(《古文辞类纂》卷十引)

读柳宗元①传

余观八司马②,皆天下之奇材也,一为叔文③所诱,遂陷于不义④。至今士大夫欲为君子者,皆羞道而喜攻之。然此八人者,既困矣,无所用于世,往往能自强以求列⑤于后世,而其名卒不废焉⑥。而所谓欲为君子者,吾多见其初而已,要其终,能毋与世俯仰⑦以自别于小人者少耳!复何议于彼哉?

① 柳宗元:字子厚,唐代著名文学家。新、旧《唐书》均有传。
② 八司马:指柳宗元等八人。唐顺宗即位,擢用王叔文、王伾等,谋夺宦官兵权,进行政治改革。朝中保守派官僚与宦官合谋发动政变,王叔文、王伾被杀害,参与改革的骨干分子韦执谊、韩泰、陈谏、柳宗元、刘禹锡、韩晔、凌准、程异八人被贬为远州司马,时称"八司马"。
③ 叔文:王叔文,唐顺宗时任翰林学士。他联合王伾等人进行政治改革,遭到宦官等的反对,顺宗被迫禅位,王叔文被杀。
④ 不义:指不正道的行为。旧史家以王叔文出仕不以正道,以棋待诏,侍读东宫,得顺宗信任而致大用,而对他多有指斥,并指斥参与改革的柳宗元、刘禹锡等"蹈道不谨,昵比小人。自致流离,遂隳素

业"(《旧唐书》卷一百六十《柳宗元传》)。王安石在这里也沿用了这些观点。

⑤ 列:一作"别"。

⑥ 卒:最后。不废:没有被埋没。

⑦ 俯仰:随宜应付。

本文是王安石读了《柳宗元传》后写下的感想。作者虽然沿用了旧史家对王叔文革新的看法,但是对参加王叔文革新的柳宗元等八司马却评价甚高。柳宗元等八人在遭受政治上的严重挫折之后,仍坚持自己的理想,自强不息,实现了自己人生的价值。八司马中的柳宗元、刘禹锡等人,成为唐代著名的思想家、文学家,为后人所景仰。王安石以柳宗元等的事迹来说明这样一个人生哲理:人即使处在逆境之中也要自强不息,要有始有终,所谓"既困矣,无所用于世,往往能自强以求别于后世"。由此,作者嘲讽了当时那些有始无终、不能"毋与世俯仰以自别于小人"的君子。

本文篇幅极短,仅一百一十字。作者从柳宗元等人自强不息的事迹出发,阐述人生哲理,针砭不良世风,语简而义丰,体现出王安石散文简洁深刻的特点,一如清人刘熙载所赞:其文"只下一二语,便可扫却他人数大段,是何简贵"(《艺概·文概》)。

书李文公①集后

文公非董子作《士不遇赋》②,惜其自待③不厚。以予观之,《诗》三百,发愤于不遇者甚众④。而孔子亦曰:"凤鸟不至,河不出图。吾已矣夫!"⑤盖叹不遇也。文公论高如此,及观于史,一不得职,则诋宰相⑥以自快。"今吾于人也,听其言而观其行。"⑦言不可独信久矣!虽然,彼宰相名实⑧固有辨。彼诚小人也,则文公之发,为不忍于小人可也。为史者,独⑨安取其怒之以失职耶?世之浅者⑩,固好以其利心量君子,以为触宰相以近祸⑪,非以其私⑫,则莫为也。夫文公之好恶,盖所谓皆过其分者耳。

方其不信于天下⑬,更以推贤进善为急。一士之不显,至寝食为之不甘。⑭盖奔走有力,成其名而后已。士之废兴⑮,彼各有命。身非王公大人之位,取其任而私之⑯,又自以为贤,仆仆然⑰忘其身之劳也,岂所谓知命者耶?《记》曰:"道之不行,贤者过之,不肖者不及也。"⑱夫文公之过也,抑其所以为贤欤!

① 李文公：李翱(772—841)，字习之，唐代散文家、哲学家。曾从韩愈学古文，官至山南东道节度使，谥"文"，故称李文公。有《李文公集》等。

② "文公非董子"句：语出李翱《答独孤舍人书》："仆尝怪董子大贤，而著《士不遇赋》，惜其自待不厚。"非，反对，责怪。董子，即董仲舒(前179—前104)，西汉哲学家，曾作《士不遇赋》。汉武帝时，他建议独尊儒术，为武帝所采纳。

③ 自待：对待自己的要求。

④ "《诗》三百"二句：语出《史记·太史公自序》："《诗》三百篇，大抵圣贤发愤之所为也。"《诗》，指《诗经》，共三百零五篇，故称"《诗》三百"。

⑤ "凤鸟"三句：语出《论语·子罕》。凤鸟，即凤凰，古称瑞鸟。有圣王出，则凤凰出现。河图，即八卦图。相传上古伏羲氏时，有龙马负"河图"出于黄河的祥瑞。

⑥ 诋宰相：指斥责宰相李逢吉事。《旧唐书·李翱传》云："翱自负辞艺，以为合知制诰，以久未如志，郁郁不乐，因入中书谒宰相，面数李逢吉之过失，逢吉不自校。翱心不自安，乃请告。满百日，有司准例停官。逢古奏授庐州刺史。"

⑦ "今吾"二句：语出《论语·公冶长》，意谓现在我对于别人，听到他的话还要再看他的行为。

⑧ 名实：名目和实际。

⑨ 独：单，偏。

⑩ 浅者：指浅见之人。

⑪ 近祸：招惹灾祸。

⑫ 非以其私：不是为了自己的私利。私，个人私利。

⑬ 其：指李翱。信：与"伸"同义，作"得意"讲。

⑭ "一士"二句：语出李翱《答韩侍郎书》："如鄙人无位于朝，陋摧于时，恓恓惶惶，奔走耻辱，求食不暇，自一千年来，贤士屈厄，未见有如此者。尚汲汲孜孜，引荐贤俊，如朝饥求餐，如久旷思通，如见妖丽而不得亲。然若使之有位于朝，或如兄侪得志于时，则天下当无屈人矣。"显，通达。寝食不甘，睡不甜，吃不香。

⑮ 废兴：指遭遇好坏。

⑯ 任：职责。私之：视为自己的。

⑰ 仆仆然：形容奔走于旅途时的劳顿。

⑱ 《记》：《礼记》。本句语出《礼记·中庸》："子曰：'道之不行也，我知之矣。知者过之，愚者不及也。道之不明也，我知之矣。贤者过之，不肖者不及也。'"王安石引文有删略。道，指中庸之道。过，超越。

书后这种文体，是对所读作品进行评价，或记述读后感想的文章，也可对其中论点提出补充、批评或反驳的意见。这篇短文，是王安石读了唐代文学家李翱集后写下的感想。作为一篇读后感,本文不像同类文章那样对作者和作品作一般的介绍,而是从李翱集中的一个观点出发,写出自己的独特感受。

本文一开头就似奇峰突起,以李翱对董仲舒《士不遇赋》的非议为展开议论的前提。继而把《诗经》中"发愤于不遇"的作品和孔子感叹不得志的话引为例证,反衬李翱的非议不正确。随后,作者又稽以史实,指出李翱言行不相符,好恶过分。文章至此,笔锋陡然一转,又列举李翱的生平事迹,突出他"以推贤进善为急"的精神。这看似与上文批评李翱好恶过分的观点不合,实际上正是对上文关于李翱批评的补充和深化。王安石认为:"士之废兴,彼各有命。"李翱这样"仆仆然忘其身之劳"地奔走,正是不知命的表现。文章至此,似乎可以结束全篇,但作者的结尾又陡起波澜,他引用《礼记》之语,认为李翱的好恶过分只是"贤人"的过失。文章到了结尾才点明了题意,文章的主旨并不在于批评李翱的好恶过分,实际上是在表彰李翱为"士之不显"而奔走的精神,即文章结尾所说的"夫文公之过也,抑其所以为贤欤"。

本文不足三百字,内容却很充实。作者有感而发,先抑后扬。文章突起突接,笔势翻腾。清人张裕钊的一段评语,正指出了本文的写作特色和艺术风格:"尝谓半山之峻,破空而来,意取直上,陡然险绝,如峭壁悬崖,故文境特瘦峭。观此篇陡提陡接陡转,皆茫然不可捉搦,是宋诸大家之特出者。"(转引自《评点古文法》)

书刺客传后

　　曹沫将而亡人之城①,又劫天下盟主②,管仲因勿倍以市信一时③,可也。予独怪智伯国士豫让,岂顾不用其策耶?④让诚⑤国士也,曾不能逆策三晋⑥,救智伯之亡,一死区区⑦,尚足校⑧哉? 其亦不欺其意者也。聂政售于严仲子⑨,荆轲豢于燕太子丹⑩。此两人者,污隐困约⑪之时,自贵其身,不妄愿知⑫,亦曰有待焉。彼挟道德以待世者,何如哉?

① 曹沫:曹刿。春秋时鲁国武士。鲁庄公十年(前684),齐攻鲁,他求见庄公,随庄公与齐军战于长勺(今山东莱芜东北),结果得胜。长勺之战为中国战争史上以弱胜强的著名战例。将:做将领,用作动词。亡人之城:指曹沫为鲁将时曾与齐战,三次败阵,割地求和之事。亡,丢失。人,指人主,国君。
② 劫:劫持,要挟。盟主:主持盟会的人,古代诸侯盟会中的首领。这里指齐桓公。鲁庄公十三年(前681),曹沫随鲁庄公与齐桓公会盟于柯(今山东阳谷东),他执匕首挟持齐桓公订立盟约,迫使桓公

答应归还鲁国被齐割去的土地。

③ 管仲：名夷吾，春秋初期政治家。任齐卿，佐齐桓公推行改革，国力大振，使齐桓公成为春秋时第一个霸主。倍：通"背"，背弃。市：购买，引申为收买。据《史记·刺客列传》记载，齐、鲁订立盟约后，齐桓公想要背约，管仲谏曰："不可弃信于诸侯。"于是，桓公乃如数割还侵地。

④ "予独怪智伯"二句意谓：我只是奇怪智伯把豫让视为国中的杰出人物，难道会不采用他的计策吗？智伯，姓荀，名瑶，封于智，故称智伯，春秋后期晋国六卿之一。曾与韩、赵、魏三家共分范氏、中行氏地为邑。晋出公二十二年(前453)，他向三家索地，独赵氏不与，遂率韩、魏之师伐赵，围赵于晋阳(今山西太原西南)，引水灌城。赵与韩、魏合谋，反灭智氏，三分其地。国士，旧称一国之中的杰出人物。豫让，春秋战国间晋国人。初为智伯的家臣，智氏灭后，他表示要为智氏尽忠。于是，他改姓换名，躲藏于厕所，又用漆涂身，吞炭使哑，暗伏桥下，一再谋刺赵襄子，但始终没有成功，后来行刺被捕，求得赵襄子衣服，拔剑击衣后自杀。他曾说："智伯以国士遇我，我故以国士报之。"顾，乃，却。

⑤ 诚：确实。

⑥ 曾(zēng)：乃，却。逆策三晋：指预先打韩、魏、赵三国的主意。三晋，指韩、魏、赵。三家原为晋卿，后三分晋国。周威烈王二十三年(前403)，周天子正式承认三家为诸侯。

⑦ 区区：微小。

⑧ 校(jiào)：计较。

⑨ 聂政：战国时韩国人。韩烈侯时，韩国大臣严遂和相国侠累争权结怨，求他代为报仇。他入相府刺死侠累，后自杀死。售：出卖。严仲子：名遂，战国时韩国大臣，因遭侠累叱斥而惧诛出亡到齐，求得聂政刺杀侠累以报仇。

⑩ 荆轲：战国末年卫国人。秦灭卫后，逃亡到燕。燕太子丹用重金收买他，尊为上卿，派他去暗杀秦王政(秦始皇)。燕王喜二十八年(前227)，他去秦国行刺秦王，行刺不中被杀。豢(huàn)：喂养，比喻供养。燕太子丹：战国末年燕王喜的太子，名丹。曾被作为人质送往秦国，后逃归。因害怕秦军逼境，派荆轲入刺秦王，不中。次年，秦军攻破燕国，他逃奔到辽东，被燕王喜斩首献给秦国。

⑪ 污隐困约：卑污隐伏，贫困屈身。约，屈曲。

⑫ 妄：胡乱，轻率。知：知道。

本文是王安石读了《史记·刺客列传》后写下的感想。

刺客，指暗藏兵器、乘人不备而行刺的人。司马迁在《史记·刺客列传》中，叙述了春秋战国时期五位著名刺客——曹沫、专诸、豫让、聂政、荆轲的事迹。这些刺客有一个共同的特点，就是忠于主人，不惜牺牲自己以求志，所以司马迁称赞他们说："自曹沫至荆轲五人，此其义或成或不成，然其意较然，不欺其志,名垂后世、岂妄也哉!"对他们的评价很高。王安石不同意司马迁这种一视同仁的评价,而是区别对待。在这篇短文中,王安石评论了除专诸以外的四人。他认为曹沫的作为还是值得许可的;而豫让的自杀报主却不值一提,不过他能"不欺其意"还是可嘉的;至于聂政、荆轲能"自贵其身",不急切于为世所知,更值得称赞。那些"挟道德以待世者",以此对照,更应该自重自爱了。这就是作者写作本文的现实意义。

本文仅一百二十余字。作者惜墨如金,议论一针见血,显示出作者评价历史人物的独具慧眼,表现出王安石散文长于议论、简洁精辟的特点。明人焦竑评为可与司马迁的论赞"相颉颃","观其笔力曲折,真脱胎换骨乎也"(《焦氏笔乘》卷二)。

孔子世家议

太史公①叙帝王则曰"本纪",公侯传国则曰"世家",公卿特起②则曰"列传",此其例也。其列孔子为世家,奚其进退无所据③耶?孔子,旅人④也,栖栖衰季之世⑤,无尺土之柄⑥,此列之以传宜矣!曷⑦为世家哉?岂以仲尼躬将圣之资⑧,其教化之盛,舄奕万世⑨,故为之世家以抗之⑩,又非极挚⑪之论也。

夫仲尼之才,帝王可也,何特⑫公侯哉!仲尼之道,世⑬天下可也,何特世其家哉?处之世家,仲尼之道不从而大;置之列传,仲尼之道不从而小。而迁也自乱其例,所谓多所抵牾⑭者也。

① 太史公:指司马迁,字子长,夏阳(今陕西韩城南)人,西汉史学家、文学家和思想家。汉武帝元封三年(前108)任太史令,故称为太史公。所著史籍,人称《太史公书》,后称《史记》。
② 特起:特出的人物。
③ 据:依据。

④ 旅人：在外乡作客的人。孔子曾率学生周游列国，宣扬儒家学说，故称。
⑤ 栖(xī)栖：忙碌不安的样子。衰季之世：指孔子生活的春秋末期。这是由奴隶制社会向封建制社会转变的动乱时代。
⑥ 柄：权力。
⑦ 曷(hé)：何故，为什么。
⑧ 仲尼：孔子名丘，字仲尼。躬：本身具有。将圣之资：大圣的资质。将，大。
⑨ 舄(xì)奕万世：意即万代流传不绝。舄奕，连绵不断。
⑩ 抗：匹敌。之：指公侯。
⑪ 挚：恳切。
⑫ 特：只，不过。
⑬ 世：当动词用，作世代流传讲。
⑭ 抵牾：亦作"牴牾"，抵触。《汉书·司马迁传赞》："至于采经摭传，分散数家之事，甚多疏略，或有抵牾。"

这篇短文，是王安石读了司马迁所撰《史记·孔子世家》后写下的一点感想。

司马迁的《史记》，是我国第一部纪传体通史。在这部伟大著作中，司马迁创立了全新的编纂体例："本纪以序帝王，世家以记侯国，十表以系时事，八书以举制度，列传以志人物，然后一代君臣政事,贤否得失,总汇于一编之中。"(赵翼《廿二史札记》卷一)然而,其中亦有例外,如《孔子世家》。孔子不是公侯,按例不应列入"世家"。司马迁为了尊崇孔子,特意将孔子列入世家。王安石在文中对此提出了异议。他从《史记》的编纂体例着笔,从《孔子世家》的违例展开议论,认为孔子的思想并不因为将他列入世家而伟大,也不因为将他置于列传而渺小,司马迁的这种"自乱其例"的安排是不值得的。王安石的这一看法还是很有道理的。自古以来,我国的历史学家和官方机构就喜欢按照严格的等级制度和褒贬原则,给历史人物贴上种种标签,如加谥号,搞什么封赠、追授之类的东西,以决定其地位的高下。其实,一个人及其思想学说在历史上的地位,是由其在历史上的作用及其对后世的影响所决定的,盖棺往往不能定论,因此评价历史人物必须实事求是,没必要搞形式主义来人为地拔高或贬低。

　　王安石擅作短文,本文也是有感而发、不尚空言之作,言虽尽而意无穷,表现出王安石散文简洁劲峭的特点。

本朝百年无事札子①

臣前蒙陛下问及本朝所以享国②百年,天下无事之故。臣以浅陋③,误承圣问④,迫于日晷⑤,不敢久留,语不及悉⑥,遂辞而退。窃惟念⑦圣问及此,天下之福,而臣遂无一言之献,非近臣⑧所以事君之义,故敢昧冒⑨而粗有所陈。

伏惟太祖躬上智独见之明⑩,而周知⑪人物之情伪,指挥付托,必尽其材;变置施设,必当其务。故能驾驭⑫将帅,训齐⑬士卒,外以扞夷狄⑭,内以平中国⑮。于是除苛赋,止虐刑,废强横之藩镇⑯,诛贪残之官吏,躬⑰以简俭为天下先。其于出政发令之间,一以安利元元⑱为事。太宗承之以聪武,真宗守之以谦仁,以至仁宗、英宗,无有逸德⑲。此所以享国百年,而天下无事也。

仁宗在位,历年最久,臣于时实备从官⑳,施为本末㉑,臣所亲见。尝试为陛下陈其一二,而陛下详择其可,亦足以申鉴㉒于方今。伏惟仁宗之为君也,仰畏天,俯畏人,宽仁恭俭,出于自然,而忠恕诚悫㉓,终始如一。未尝妄兴一役,未尝妄杀一人;断狱务在生之㉔,而特恶吏之残扰㉕;宁屈己弃财于夷狄㉖,而终不忍加兵;刑平而公,赏重而信;纳用谏官御史,公听并观㉗,而不蔽于偏至之谗㉘;因任众人耳目㉙,拔举疏远㉚,而随之以相坐之法㉛。盖监司之吏以至州县㉜,无敢暴虐残酷,擅有调发㉝以伤百姓。自夏㉞人顺服,蛮夷遂无大变,边人父子夫妇得免于兵死,而中国之人安逸蕃息㉟,以至今日者,未尝妄兴一役,未尝妄杀一人,断狱务在生之,而特恶吏之残扰,宁屈己弃财于夷狄,而不忍加兵之效也。大臣贵戚、左右近习㊱,莫敢强横犯法,其自重慎,或甚于闾巷之人,此刑平而公之效也。募天下骁雄横猾㊲以为兵,几至百万,非有良将以御㊳之,而谋变者辄败;聚天下财物,虽有文籍�439,委之府史,非有能吏以钩考㊵,而断盗者辄发㊶;凶年饥岁,流者填道㊷,死者相枕㊸,而寇攘者辄得㊹,此赏重而信之效也。大臣贵戚、左右近习,莫能大擅威福,广私货赂,一有奸慝㊺,随辄上闻;贪邪横猾,虽间或见用,未尝得久,此纳用谏官、御史,公听并观,而不蔽于偏至之谗之效也。自县令、京官以至监司、台阁㊻,升擢之任㊼,虽不皆得人,然一时之所谓才士,亦罕蔽塞而不见收举者㊽,此因任众人之耳目,拔举疏远,而随之以相坐之法之效也。升遐⁴⁹之日，天下号恸⁵⁰，如丧考妣⁵¹，此宽仁恭俭出于自然，忠恕诚慤终始如一之效也。

然本朝累世因循末俗之弊⁵²，而无亲友群臣之议。人君朝夕与处，不过宦官女子；出而视事⁵³，又不过有司之细故⁵⁴，未尝如古大有为之君，与学士大夫讨论先王之法，以措之天下⁵⁵也。一切因任自然之理势⁵⁶，而精神之运⁵⁷有所不加；名实⁵⁸之间有所不察。君子非不见贵，然小人亦得厕⁵⁹其间；正论非不见容，然邪说亦有时而用；以诗赋记诵求天下之士，而无学校养成之法；以科名资历叙朝廷之位，而无官司课试之方；监司无检察之人，守将非选择之吏；转徙之亟⁶⁰，既难于考绩，而游谈之众⁶¹，因得以乱真⁶²；交私养望者⁶³，多得显官；独立营职者⁶⁴，或见排沮⁶⁵。故上下偷惰取容而已⁶⁶，虽有能者在职，亦无以异于庸人。农民坏于徭役，而未尝特见救恤，又不为之设官，以修其水土之利。兵士杂于疲老⁶⁷，而未尝申敕⁶⁸训练，又不为之择将，而久其疆场之权⁶⁹。宿卫则聚卒伍无赖之人⁷⁰，而未有以变五代姑息羁縻之俗⁷¹。宗室则无教训选举之实，而未有以合先王亲疏隆杀之宜⁷²。其于理财，大抵无法，故虽俭约而民不富，虽忧勤而国不强。赖非夷狄昌炽⁷³之时，又无尧、汤水旱之变㊆,故天下无事,过于百年。虽曰人事,亦天助也。盖累圣㊂相继,仰畏天,俯畏人,宽仁恭俭,忠恕诚悫,此其所以获天助也。

伏惟陛下躬上圣之质㊅,承无穷之绪㊆,知天助之不可常恃㊆,知人事之不可怠终㊆,则大有为之时,正在今日。臣不敢辄废将明之义㊀,而苟逃讳忌之诛㊁,伏惟陛下幸赦㊂而留神,则天下之福也。取进止㊃。

① 百年:指从宋太祖建隆元年(960)至宋神宗熙宁元年(1068),凡一百余年。札子:当时大臣用以向皇帝进言议事的一种文体;也有用于发指示的,如中书省或尚书省所发指令,凡不用正式诏命的,也称为札子,或称"堂帖"。
② 享国:享有国家,指帝王在位掌握政权。
③ 浅陋:见识浅薄。这里为自谦之词。
④ 误承:误受的意思。这里为自谦之词。圣:指皇帝。
⑤ 日晷(guǐ):按照日影移动测定时刻的仪器。这里指时间。
⑥ 悉:详尽。
⑦ 窃惟念:我私下在想。这和下文"伏惟"一样,都是旧时下对上表示敬意的用语。
⑧ 近臣:皇帝亲近的大臣。当时王安石任翰林学士,是侍从官。

⑨ 昧冒：同"冒昧"，鲁莽，轻率。这里为自谦之词。

⑩ 躬：本身具有。上智：极高的智慧。独见：独到的见解。

⑪ 周知：全面了解。

⑫ 驾驭(yù)：统率，指挥。

⑬ 训齐：使人齐心合力。

⑭ 扞：同"捍"，抵抗。夷狄：旧时指我国东部和北部的少数民族。这里指北宋时期建立在我国北方和西北方的契丹、西夏两个少数民族政权。下文"蛮夷"也是同样的意思。

⑮ 内以平中国：指宋太祖对内平定统一了中原地区。中国，指中原地带。

⑯ 废强横之藩镇：指宋太祖收回节度使的兵权。唐代在边境和内地设置节度使，镇守一方，总揽军政，称为藩镇。唐玄宗以后至五代时，藩镇强大，经常发生叛乱割据之事。宋太祖有鉴于此，使节度使仅为授予勋戚功臣的荣衔。

⑰ 躬：亲自。这里与上文"躬"字意思稍有区别。

⑱ 安利元元：使老百姓得到平安和利益。元元，老百姓。

⑲ 逸德：失德。

⑳ 实备从官：王安石在宋仁宗时曾任知制诰，替皇帝起草诏令，是皇帝的侍从官。

㉑ 施为本末：一切措施的经过和原委。

㉒ 申鉴：引出借鉴。

㉓ 诚愨(què)：诚恳。

㉔ 断狱：审理和判决罪案。生：指给犯人留有活路。

㉕ 恶(wù)：厌恨。吏之残扰：指官吏对百姓的残害、扰攘。

㉖ 弃财于夷狄：指北宋政府每年向契丹和西夏两个少数民族政权献币纳绢以求和之事。宋真宗景德元年(1004)，北宋政府与契丹讲和，每年需向契丹献币纳绢。宋仁宗庆历二年(1042)，宋又向契丹增加银绢以求和。庆历四年(1044)，宋又以献币纳绢的方式向西夏妥协。王安石这里是替宋仁宗的屈服妥协曲为辩解的话。

㉗ 公听并观：多听多看，意即听取了解各方面的意见情况。

㉘ 偏至之谗：片面的谗言。

㉙ 因任众人耳目：相信众人的见闻。

㉚ 拔举疏远：提拔、起用疏远的人。疏远，这里指与皇帝及高官显贵关系不密切但有真实才干的人。

㉛ 相坐之法：指被推荐的人如果后来失职，推荐人便要受罚的一种法律。

㉜ 监司之吏：监察州郡的官员。宋朝设置诸路转运使、安抚使、提点刑狱、提举常平四司，兼有监察的职责，称为监司。州县：指地方官员。

㉝ 调发：指征调劳役赋税。

㉞ 夏：我国西北党项族建立的政权，当时据有今甘肃、宁夏等地，宋人习惯称为西夏。

㉟ 安逸蕃息：休养生息。蕃，繁殖。

㊱ 左右近习：指皇帝周围亲近的人。

㊲ 骁(xiāo)雄横猾：指勇猛强暴而奸诈的人。

㊳ 御：统率，管理。

㊴ 文籍：账册。

㊵ 钩考：查核。

㊶ 断盗者：贪污中饱的人。发：被揭发。

㊷ 流者填道：流亡的人塞满了道路。

㊸ 死者相枕：尸体枕着尸体。

㊹ 寇攘(rǎng)者：强盗。得：被抓获。

㊺ 奸慝(tè)：奸邪的事情。

㊻ 台阁：指主政大臣。

㊼ 升擢(zhuó)：提升。

㊽ 罕：少有。蔽塞：埋没。收举：任用。

㊾ 升遐(xiá)：对皇帝(这里指宋仁宗)死亡的讳称。

㊿ 号恸(tòng)：大声痛哭。

㉛ 考妣(bǐ)：称已死的父母。父为考，母为妣。

㉜ 累世：世世。因循末俗：沿袭着旧习俗。

㉝ 出而视事：指临朝料理国政。

㉞ 有司之细故：官府中琐屑细小的事情。

㉟ 措之天下：把它实施于天下。

㊾ 自然之理势：客观形势。

㊿ 精神之运：主观努力。

58 名实：名目和实效。

59 厕：参与。

60 转徙：调动官职。亟（qì）：频繁。

61 游谈之众：夸夸其谈的人。

62 乱真：混作真有才干的人。

63 交私养望者：私下勾结、猎取声望的人。

64 独立营职者：不靠别人、勤于职守的人。

65 排沮：排挤、压抑。

66 偷惰：偷闲懒惰。取容：指讨好、取悦上司。

67 杂于疲老：混杂着年迈力疲之人。

68 申敕（chì）：发布政府的命令。这里引申为告诫、约束的意思。

69 久其疆场之权：让他们（指武将）长期掌握军事指挥权。

70 宿卫：禁卫军。卒伍：这里指兵痞。

71 五代：指北宋之前的后梁、后唐、后晋、后汉、后周五个朝代（907－960）。姑息羁縻：纵容笼络、胡乱收编的意思。

72 亲疏隆杀（shài）之宜：亲近或疏远、恩宠或冷落的区别原则。

73 昌炽：昌盛。

74 尧、汤水旱之变：相传尧时有九年的水患，商汤时有五年的旱灾。

75 累圣：累代圣君。这里指上文提到的宋太祖、太宗、真宗、仁宗、英宗诸帝。

⑯ 躬上圣之质：具备最圣明的资质。

⑰ 承无穷之绪：继承永久无穷的帝业。绪，传统。

⑱ 恃：依赖，倚仗。

⑲ 怠终：轻忽马虎一直拖到最后。意思是最后要酿成大祸。

⑳ 将明之义：语出《诗·大雅·烝民》，意谓大臣辅佐赞理的职责。将，实行。明，辨明。义，职责。

㉑ 苟：苟且。讳忌之诛：因触犯皇帝忌讳而受到的惩罚。

㉒ 赦(shè)：宽恕免罪。

㉓ 取进止：这是写给皇帝奏章的套语，意思是我的意见是否妥当、正确，请予裁决。

本文作于熙宁元年(1068)，是王安石从当时北宋王朝积弱积贫的实际出发，为宋神宗总结历史经验、阐明变法主张的精心之作。

本文可以分为两个部分。前一部分，作者叙述并解释了从宋太祖至宋英宗这百余年间国内太平无事的情况和原因。作者首先回顾北宋立国以来的历史，赞颂宋太祖统一天下和改革弊政的功绩，暗示宋神宗应该继承这些传统，才能有所作为。接着，作者全面剖析了宋仁宗在位时政治措施的得失。

宋仁宗在北宋诸帝中在位时间最长,北宋社会的种种弊端在他统治期间开始暴露,北宋王朝也在这时陷入积贫积弱的境地。王安石于仁宗在位时步入仕途,并位列从官,因此对仁宗朝的政治状况十分了解,有深切的认识,因此他的剖析极其深刻,有明确的针对性。他在"无事"题下谈"有事",既顾全了先王的体面,又不违反自己的本意,褒中有贬,为后半部分揭露社会积弊埋下了伏笔,也为后半部分揭露的社会积弊找出了历史渊源。全文前后衔接,自然地转入后一部分。

在后一部分中,作者尖锐地揭示了当时在太平景象掩盖下危机四伏的社会情况,诸如官僚机构的臃肿瘫痪、军队的软弱无力、财政的空虚困难,以及农民的贫困痛苦等等,从而说明了变法改革的必要性和迫切性。这是全文的重心。本文表现了王安石对现实政治敏锐的观察和清醒的认识;同时表明他的主张变法,只是在封建制度内部对某些环节作些改革和调整,进而达到巩固赵宋王朝统治的目的。对于第二年开始的变法运动来说,本文无疑是吹起的前奏曲。

本文组织严密,条理清楚,层次分明,论述明白充分,具有很强的说服力。由于文中涉及宋神宗列祖列宗的评价,作者采用了明褒实贬的手法,欲抑先扬,措辞委婉得体。在表现手法方面,本文很好地运用了对偶、排比等手法,字句音节铿锵,为文章增色不少。作为王安石政论文的代表作,本文也一直为后人所激赏,明人茅坤评云:"此篇极精神骨髓。荆公所以直入神宗之胁,全在说仁庙(即仁宗)处,可谓搏虎屠龙手。"(《唐宋八大家文钞》卷八二)

答司马谏议①书

某启②：昨日蒙教③，窃以为与君实游处相好之日久④，而议事每不合，所操之术多异故也⑤。虽欲强聒⑥，终必不蒙见察，故略上报⑦，不复一一自辩；重念蒙君实视遇厚⑧，于反覆不宜卤莽⑨，故今具道所以⑩，冀⑪君实或见恕也。

盖儒者⑫所争，尤在于名实⑬。名实已明，而天下之理得矣。今君实所以见教者，以为侵官、生事、征利、拒谏以致天下怨谤⑭也。某则以谓受命于人主⑮，议法度而修之于朝廷⑯，以授之于有司⑰，不为侵官；举⑱先王之政，以兴利除弊，不为生事；为天下理财，不为征利；辟邪说⑲，难壬人⑳，不为拒谏；至于怨诽之多，则固前知其如此也㉑。

人习于苟且非一日，士大夫多以不恤国事、同俗自媚于众为善㉒。上乃欲变此㉓，而某不量敌之众寡，欲出力助上以抗之㉔，则众何为而不汹汹然㉕？盘庚㉖之迁，胥怨㉗者民也，非特朝廷士大夫而已。盘庚不为怨者改其度㉘，度义㉙而后动，是㉚以不见可悔故也。

如君实责我以在位久,未能助上大有为,以膏泽㉛斯民,则某知罪矣;如曰今日当一切不事事㉜,守前所为㉝而已,则非某之所敢知㉞。无由会晤,不任区区向往之至㉟。

① 司马谏议:司马光(1019—1086),字君实,陕州夏县(今属山西)人,当时任右谏议大夫(负责向皇帝提意见的官)。他是北宋著名史学家,编撰有《资治通鉴》。神宗用王安石行新法,他竭力反对。元丰八年(1085),哲宗即位,高太皇太后听政,召他主国政。次年为相,废除新法。为相八个月病死,追封温国公。
② 某:自称。启:写信说明事情。
③ 蒙教:承蒙指教。这里指接到来信。
④ 窃:私,私自。这里用作谦辞。君实:司马光的字。古人写信称对方的字以示尊敬。游处:同游共处,即同事交往的意思。
⑤ 操:持,使用。术:方法,主张。
⑥ 强聒(guō):硬在耳边啰嗦,强作解说。聒,语声嘈杂。
⑦ 略:简略。上报:给您写回信。指王安石接到司马光第一封来信后的简答。
⑧ 重(chóng)念:再三想想。视遇厚:看重的意思。视遇,看待。
⑨ 反覆:指书信往来。卤莽:简慢无礼。
⑩ 具道:详细说明。所以:原委。
⑪ 冀:希望。

⑫ 儒者：这里泛指一般封建士大夫。

⑬ 名实：名义和实际。

⑭ 怨谤：怨恨，指责。

⑮ 人主：皇帝。这里指宋神宗赵顼。

⑯ 议法度：讨论、审定国家的法令制度。修：修订。

⑰ 有司：负有专责的官员。

⑱ 举：推行。

⑲ 辟邪说：驳斥错误的言论。辟，驳斥，排除。

⑳ 难(nàn)：责难。壬(rén)人：佞人，指巧辩谄媚之人。

㉑ 固：本来。前：预先。

㉒ 恤(xù)：关心。同俗自媚于众：指附和世俗的见解，向众人献媚讨好。

㉓ 上：皇上。这里指宋神宗赵顼。乃：却。

㉔ 抗：抵制，斗争。之：代词，指上文所说的"士大夫"。

㉕ 汹汹然：吵闹、叫嚷的样子。

㉖ 盘庚：商朝中期的一位君主。商朝原来建都在黄河以北的奄(今山东曲阜)，常有水灾。为了摆脱政治上的困境和自然灾害，盘庚即位后，决定迁都到殷(今河南安阳西北)。这一决定曾遭到全国上下的怨恨反对。后来，盘庚发表文告说服了他们，完成了迁都计划。事见《尚书·盘庚》。

㉗ 胥(xū)怨：全都抱怨。胥，皆。

㉘ 改其度：改变他原来的计划。

㉙ 度(duó)义：考虑是否合理。度，考虑，这里用作动词。

㉚ 是：这里用作动词，意谓认为做得对。

㉛ 膏泽：施加恩惠，这里用作动词。

㉜ 一切不事事：什么事都不做。事事，做事。前一"事"字是动词，后一"事"字是名词。

㉝ 守前所为：墨守前人的做法。

㉞ 所敢知：愿意领教的。知，领教。

㉟ 不任区区向往之至：私心不胜仰慕。这是旧时写信的客套语。不任，不胜，受不住，形容情意的深重。区区，小，这里指自己，自谦词。向往，仰慕。

这封信写于熙宁三年(1070)。当时正值新法在激烈的斗争中迅速推行，司马光一方面要求宋神宗取消"青苗法"；一方面以老朋友的身份，用劝勉、威胁的语调，在这年春天接连三次写信给王安石，要求废除新法，以阻挠改革。他在信中指责王安石特设"制置三司条例司"负责制定新法是侵犯其他官员的职权；派遣官吏到各地去推行新法是惹是生非；"青苗法"等新法只是征敛财富的手段；还批评王安石拒不接受反对派的意见。这就是所谓"侵官""生事""征利""拒谏"的四大罪状。

答司马谏议书

司马光的第一封信写于这年的二月二十七日,全文长达三千余字。王安石接到这封信后,略作回答,不跟他一一辩论。司马光又写第二封信给他,王安石这才写了这封回信。

王安石在这封信中,首先驳斥了司马光对新法的批评和指责。针对司马光来信中的四点责难,他逐一批驳,尤对"怨诽之多"的原因详加剖析。王安石痛斥了当时的士大夫"不恤国事、同俗自媚于众"的恶习,并举盘庚迁都的史实作为自己变法的榜样,表明了自己不同流俗、不畏人议的无畏精神和倔强性格。最后,针对司马光来信中责备他"未能大有为"的话,明说"知罪",实是巧妙的反击,再次表达了自己推行新法的鲜明态度和坚定立场。

本文从形式上看,虽是书信体裁,但实质上却是一篇短小精悍的政论文。文字简洁明快,说理精辟犀利。行文措辞虽力图委婉,但仍然体现出峭折刚劲的特色。

祭欧阳文忠公①文

夫事有人力之可致②,犹不可期③;况乎天理之溟漠④,又安可得而推⑤?惟公生有闻于当时,死有传于后世,苟能如此足矣,而亦又何悲?

如公器质⑥之深厚,智识之高远,而辅⑦学术之精微,故充⑧于文章,见⑨于议论,豪健俊伟,怪巧瑰琦⑩。其积于中者,浩如江河之停蓄;其发于外者,烂如日星之光辉。其清音幽韵,凄如飘风急雨之骤至⑪;其雄辞闳⑫辩,快如轻车骏马之奔驰。世之学者,无问乎识与不识,而读其文,则其人可知。

呜呼!自公仕宦四十年⑬,上下往复⑭,感世路之崎岖,虽屯邅困踬⑮,窜斥流离⑯,而终不可掩者,以其公议⑰之是非。既压复起,遂显于世。⑱果敢之气⑲,刚正之节⑳,至晚而不衰。

方仁宗皇帝临朝㉑之末年,顾念后事㉒,谓如公者,可寄以社稷㉓之安危。及夫发谋决策,从容指顾㉔,立定大计,谓

祭欧阳文忠公文

千载而一时㉖。功名成就，不居而去㉖。其出处㉗进退，又庶乎㉘英魄灵气，不随异物㉙腐散，而长在乎箕山之侧与颍水之湄㉚。然天下之无贤不肖，且犹为涕泣而歔欷㉛，而况朝士大夫，平昔游从㉜，又予心之所向慕而瞻依㉝？

呜呼！盛衰兴废之理，自古如此。而临风想望，不能忘情者，念公之不可复见，而其谁与归㉞？

① 欧阳文忠公：欧阳修，死后谥"文忠"。

② 致：做到。

③ 犹：还。期：期待。

④ 溟漠：幽昧，渺茫。

⑤ 推：推求，推知。

⑥ 器质：指器度和资质。

⑦ 辅：助。

⑧ 充：充满，充实。

⑨ 见(xiàn)：同"现"，表现，显现。

⑩ 瑰琦：美玉。这里形容事物、文章的奇特美好，卓异不凡。

⑪ 凄：寒凉。飘风：暴风。

⑫ 闳(hǒng)：宏大。

⑬ 仕宦四十年：指欧阳修自宋仁宗天圣八年(1030)中进士任西京(今

河南洛阳)留守推官,至神宗熙宁四年(1071)致仕,正好四十年。

⑭ 上下往复:指官位的上升下降,屡经变化。

⑮ 屯邅(zhūn zhān):处境困难。屯,也作"迍",困难。邅,曲回。语出《易·屯》:"屯如邅如。"踬:跌倒。

⑯ 窜斥:放逐。流离:辗转流亡,离散。

⑰ 公议:指社会舆论。

⑱ "既压"二句:指欧阳修于宋仁宗景祐三年(1036)因营救范仲淹而被贬为夷陵(今湖北宜昌)令,直到康定元年(1040)才被召回朝中。从此他就逐渐显达,受到重用。嘉祐五年(1060),他从翰林学士升为枢密副使、参知政事,遂成为北宋名臣。

⑲ 果敢之气:勇于决断的气概。

⑳ 刚正之节:刚强正直的节操。

㉑ 临朝:执政。

㉒ 顾念后事:考虑身后的事情。

㉓ 社稷:指国家。

㉔ 指顾:手指目顾。

㉕ 千载而一时:一时间建立了千年的功勋。也可解说为千年难得的时机。以上写欧阳修于嘉祐六年(1061)以参知政事的身份,与宰相韩琦一起奏请宋仁宗立嗣子赵曙为太子。嘉祐八年(1063)三月,仁宗病死,欧阳修等又辅赵曙即位,是为宋英宗。

㉖ 不居而去:不居功而去职(辞官)。

㉗ 出处：出仕和隐退。

㉘ 庶乎：几乎，大概。

㉙ 异物：他物，指尸体。

㉚ 箕山：在今河南登封市东南。颍水：发源于河南登封市境内的颍谷。湄：水滨。相传尧、舜时的高士巢父、许由曾在这里隐居。本文泛指隐士居住的地方。

㉛ 歔欷(xū xī)：哭泣时的抽噎声。

㉜ 平昔游从：平素相处追随。

㉝ 瞻依：瞻仰，依恋。

㉞ 其谁与归：将跟谁一道呢？其，将。归，同一趋向。

宋神宗熙宁五年(1072)八月，已经退休的欧阳修在颍州(今安徽阜阳)逝世，终年六十六岁。王安石当时在京为相，闻讯后写下了这篇祭文。

王安石与欧阳修之间，有着非常深厚的友谊。欧阳修对王安石的诗文十分欣赏，并为他推荐延誉。王安石对欧阳修也非常崇敬，以他为自己的表率。本文高度概括了欧阳修一生的经历，称颂了他的道德品质、学术文章和气概节操，表达了王安石对他的深切怀念之情。文章首先指出欧阳修生前能闻名当时，死后能流芳后世，这是对他最好的吊慰；接着分别从文章、才德两个方面对欧阳修作了称颂,并突出描写了欧阳修刚正果敢的气节和发谋决策的功绩;最后,通过描写天下之士对欧阳修的悼念,进一步强调了作者的深切怀念之情。文章多用排偶句,韵律和谐。

本文以气为主,不事雕琢,感情真挚,文势豪健,达到了情见乎辞、情辞合一的艺术境界。在当时众多祭奠欧阳修的文章中,这是得到较高评价的一篇。如明人茅坤评云:"欧阳公祭文,当以此为第一。"(《唐宋八大家文钞》卷九六)清人蔡上翔评云:"欧公之其人其文,其立朝大节,其坎坷困顿,与夫平生知己之感,死后临风想望之情,无不具见于其中。"(《王荆公年谱考略》卷一七)

王平甫墓志

君临川王氏，讳安国，字平甫，赠太师、中书令讳明之曾孙，赠太师、中书令兼尚书令讳用之之孙，赠太师、中书令兼尚书令康国公讳益之子。自丱角①未尝从人受学，操笔为戏，文皆成理。年十二，出其所为铭、诗、赋、论数十篇，观者惊焉。自是遂以文学为一时贤士大夫誉叹。盖于书无所不该②，于词无所不工，然数举进士不售③，举茂才异等，有司考其所献《序言》为第一，又以母丧④不试。

君孝友，养母尽力。丧三年，常在墓侧，出血和墨，书佛经甚众，州上其行义，不报。今上⑤即位，近臣共荐君材行卓越，宜特见招选，为缮写其《序言》以献，大臣亦多称之。手诏褒异，召试，赐进士及第⑥，除武昌军节度推官⑦，教授西京国子监⑧。未几，校书崇文院⑨，特改著作佐郎、秘阁校理⑩。士皆以谓君且显矣，然卒不偶⑪，官止于大理寺丞，年止于四十七。以熙宁七年⑫八月十七日不起，越元丰三年⑬四月二十七日，葬江宁府钟山母楚国太夫人⑭墓左百有十六步。有文集六十卷。妻曾氏,子旊、斿,女婿叶涛,处者⑮四女。涛有学行,知名,旊、斿亦皆嶷嶷有立⑯,君祉⑰所施,庶⑱在于此。

① 丱(guàn)角:古时儿童束发成两角的样子,亦称总角。旧时因称童年时代为"丱角"。
② 该:通"赅",全部通晓。
③ 不售:没有实现。售,达到,实现。
④ 母丧:王安国之母吴氏卒于嘉祐八年(1063)八月。
⑤ 今上:指宋神宗赵顼,他于治平四年(1067)即位。
⑥ 赐进士及第:熙宁元年(1068)七月,赐布衣王安国进士及第。
⑦ 武昌军:治所在鄂州(今湖北武昌)。节度推官:节度使的属官。
⑧ 西京:河南府(今河南洛阳)。国子监:简称"国学",封建王朝的最高教育机构。本句原文无"监"字,从《王文公文集》补入。
⑨ 校书:校书郎,掌管书籍校勘,订正讹误。崇文院:宋初以昭文馆、史馆、集贤院并秘阁总为崇文院。元丰以后,仍归秘书省。
⑩ 著作佐郎:著作郎的属官,协助著作郎编"日历"(每日时事)。秘阁校理:秘阁为古代皇帝藏书之所,校理负责书籍的校勘管理。
⑪ 不偶:不遇,即命运不好。
⑫ 熙宁七年:1074年。据宋人李焘《续资治通鉴长编》卷二七三熙宁九年三月载:"壬申,诏知定州新乐县、大理寺丞王平甫权知保州。

百姓遮道负戴留之,不令出县,监司以闻故也。"同书卷二七七熙宁九年七月己卯载:"复放归田里人王安国为大理寺丞、江宁府监当,命下而安国病死矣。"《建康志》载:"道光泉在蒋山之西,梁灵曜寺之前。熙宁八年僧道光披榛莽得之。……以此泉得之道光,故名道光泉。王平甫作记。"据此,王安国熙宁九年尚在世,熙宁七年"不起"显误。又据曾巩熙宁十年(1077)十月二十一日所作《祭王平甫文》云:"何堂堂而山立,忽泯泯而飙驶。认皎皎而犹疑,泪汍汍而莫制",显系撰于王安国卒后不久。综此,本文"熙宁七年"之"七"当为"十"之误,或系刻工所误,应为"熙宁十年"。

⑬ 元丰三年:1080年。

⑭ 楚国太夫人:王益之妻、王安国之母吴氏。

⑮ 处者:未出嫁的女子。

⑯ 嶷(yí)嶷:形容体态魁梧。立:自立,成就。

⑰ 祉(zhǐ):福。

⑱ 庶:幸,表示希望。

王安石兄弟中,与安石最为相得的就是大弟安国(平甫)。安国工诗文,有名于当时,常与安石相唱和。熙宁初,王安石主政,推行新法。王安国出于对新法的不同理解,以及对变法派一些人物的不满,而对新法表示反对。不过,政见的不同并没有导致兄弟的失和。熙宁十年(1077)八月,王安国病卒时,王安石已于前一年罢相出知江宁府,爱子王雱也在前一年去世,他还在悲痛中,没有留下哀悼亡弟的诗文。当元丰三年(1080)王安国墓落成时,已在金陵隐居的王安石就为亡弟撰写了这篇墓志。在这篇简短的墓志中,王安石评述了亡弟一生的事迹,在概述中突出了王安国"材行卓越"的特点,蕴含了作者痛惜亡弟早逝的感情。清人张裕钊评本文曰:"文之简洁谨严,殆无一剩语。其通篇承接委输处,有若一笔书,而痛惜之意自见于词表。"(转引自《古文辞类纂》卷五十)

答吕吉甫①书

某启：与公同心，以至异意，皆缘②国事，岂有它哉？同朝纷纷，公独助我，则我何憾③于公？人或言公，吾无与焉，则公何尤④于我？趣时便事⑤，吾不知其说焉；考实论情⑥，则公宜昭⑦其如此。开喻重悉⑧，览之怅然⑨。昔之在我者，诚无细故之可疑；则今之在公者，尚何旧恶之足念？然公以壮烈，方进为于圣世，而某茶然衰疢⑩，特待尽于山林。趣舍异路⑪，则相呴以湿，不如相忘之愈也⑫。想趣召⑬在朝夕，惟良食⑭，为时自爱⑮。

---

① 吕吉甫：吕惠卿，字吉甫，泉州晋江（今属福建）人。《宋史》卷四七一有传。

② 缘：为了，因为。

③ 憾：恨，不满意。

④ 尤：怨恨。

⑤ 趣时便事：为了办事方便而趋附时风。趣，同"趋"。

⑥ 考实论情：考查实际情形。

⑦ 昭：明白。

⑧ 开喻：开导晓谕。这里指吕惠卿的来信。重悉：很明白。

⑨ 怅然：失意的样子。

⑩ 苶(nié)然：疲倦的样子。疢(chèn)：疾病。

⑪ 趣舍异路：进退道路不同。

⑫ "则相呴(xū)"二句：语出《庄子·天运》："泉涸，鱼相与处于陆，相呴以湿，相濡以沫，不若相忘于江湖。"意谓泉水干涸，鱼在陆地上相互吐沫沾湿以相济，不如在江湖中各自游乐而相忘。呴，吐沫。愈，较好，胜过。

⑬ 趣召：应召赴任。

⑭ 良食：吃好餐饭。

⑮ 自爱：犹言自重，保重自己。

吕惠卿(吉甫)曾经是王安石推行新法的主要助手，甚得王安石的信任。熙宁七年(1074)四月，王安石罢相时，他还举荐吕惠卿为参知政事。次年二月，王安石应召复相，由于政见不和，与吕惠卿产生了矛盾，终至分裂。元丰三年(1080)九月，时退居江宁的王安石为特进，改封荆国公，吕惠卿给他来信解释前怨，要重修和好。王安石遂写了这封回信。

史载吕惠卿当权后，"忌安石复用，遂欲逆闭其途，凡可以害安石者,无所不用其志"(《宋史纪事本末》卷三七)。因此,王安石对吕惠卿深感失望乃至寒心,以致信中有"开喻重悉,览之怅然"之语,表现在信中的感情也是相当复杂的。

作为一位政治家,王安石从大局出发,不愿自己与吕惠卿的矛盾尖锐及公开化,以免给政敌以口实。为了自己所追求的事业,退居山林的王安石希望吕惠卿不要念念不忘旧怨,而应努力有为于当世。然而,王安石对吕惠卿背叛自己的行为从心底里来说是不能原谅的,因此不屑再与他为伍,毫不调和含混,态度十分决绝。

本文句式整齐,多用四六,措辞简当精警,表现出作者在写此信时是很费斟酌的。文章观点鲜明,态度明朗,反映出王安石倔强刚毅的性格,也表现出王安石晚年惆怅悲凉的心态。

回苏子瞻①简

某启：承诲喻累幅②，知尚盘桓江北③。俯仰④逾月，岂胜感怅⑤！得秦君⑥诗，手不能舍。叶致远⑦适见，亦以为清新妩丽，与鲍、谢似之⑧。不知公意如何？余卷正冒眩⑨，尚妨细读。尝鼎一脔，旨可知也。⑩公奇秦君，数口之不置⑪；吾又获诗，手之不舍。然闻秦君尝学至言妙道⑫，无乃⑬笑我与公嗜好过乎？未相见，跋涉⑭自爱。书不宣悉⑮。

① 苏子瞻：苏轼（1037—1101），字子瞻，号东坡居士，眉山（今属四川）人，北宋著名文学家。
② 诲喻：教诲开导。累幅：指篇幅长。
③ 盘桓江北：指苏轼在仪真（今江苏仪征）逗留。盘桓，徘徊，逗留。江北，仪真在长江之北，故称。
④ 俯仰：犹瞬息。表示时间短暂。
⑤ 胜：尽。感怅：惆怅。
⑥ 秦君：指秦观（1049—1100），北宋文学家，苏轼的学生。

⑦叶致远：叶涛，字致远，处州龙泉(今浙江龙泉)人，王安石之弟安国的女婿。
⑧鲍：指鲍照，南朝宋诗人，有《鲍参军集》。谢：指谢朓，南朝齐诗人，有《谢宣城集》。鲍、谢两人诗俱以清俊飘逸的风格著称。
⑨余卷：其余几卷。冒眩：头晕眼花。
⑩"尝鼎"二句：从鼎中取一块肉来尝，它的美味也就可以知道了。这里喻指据已读的诗即可推知全部诗作。鼎，古代炊器，多用青铜制成。一般为圆形，三足两耳；也有方形四足的。盛行于殷周时代。脔，切成块的肉。旨，美味。
⑪数口：多次称说。不置：不停。
⑫至言：深切中肯的言论。妙道：神妙的道理。
⑬无乃：莫非，岂不是。
⑭跋涉：犹言登山涉水。形容走长路的辛苦。
⑮宣悉：详尽叙说。悉，详尽。

这封短简写于宋神宗元丰七年(1084)。这年七月，苏轼由黄州(今湖北黄冈)奉旨授汝州(治所在今河南临汝)团练副使本州安置，路过金陵，会见了王安石。在此之前，苏轼因作诗反对新法，遭变法派中的一些人罗织罪名迫害，于元丰三年(1080)二月贬谪黄州。在地方生活了多年之后，苏轼对新法有了进一步的认识，认为新法虽有流弊又有某些"便民"之处，还是能够部分接受的,而对于倡导新法的王安石本人的才华,苏轼一向是佩服的。对苏轼的文才一直很欣赏的王安石,这时隐居金陵,思想情趣也发生了很大的变化。这样,友谊取代了前嫌。两人相见之下,诵诗谈佛,流连往还。临别时,王安石还依依不舍,邀请苏轼卜居金陵为邻。苏轼别后不久给王安石写了一信,就是王安石本文中提到的"诲喻累幅"的《上荆公书》。

王安石在这封回信中,首先表达了自己与苏轼分别后的惆怅之感;随后称许了苏轼来信中推荐的年轻诗人——秦观的诗,同意友人叶涛"清新妩丽,与鲍、谢似之"的赞语,这既是对苏轼推荐之语的赞同,也表现出王安石晚年诗歌趣味的变化。他晚年在金陵,也创作了大量清新妩丽的写景小诗,为后人所赞赏。这封书简虽短,但字里行间展示出苏、王两位北宋文坛大家之间亲密交往的情景,也是研究王安石晚期诗歌主张的不可忽视的资料。

太　古

　　太古之人,不与禽兽朋也几何①,圣人恶②之也,制作③焉以别之。下而戾④于后世,侈裳衣⑤,壮⑥宫室,隆耳目之观⑦,以嚣⑧天下,君臣、父子、兄弟、夫妇皆不得其所当然⑨,仁义不足泽⑩其性,礼乐不足锢⑪其情,刑政不足网⑫其恶,荡然⑬复与禽兽朋焉。圣人不作⑭,昧者⑮不识所以化之之术,顾⑯引而归之太古,太古之道果可行之万世,圣人恶⑰用制作于其间? 必制作于其间,为⑱太古之不可行也。顾欲引而归之,是去禽兽而之禽兽⑲,奚⑳补于化哉? 吾以为识治乱者,当言所以化之之术。曰归之太古,非愚则诬㉑。

① 朋：朋友,这里作动词讲,意为相近似,相等同。几何：多少。
② 恶(wù)：憎恨,讨厌。
③ 制作：制造发明。古代传说有巢氏、伏羲氏、神农氏等圣人发明了巢居、渔猎和农业等。王安石在这里引用了这一说法。
④ 戾(lì)：到达。

⑤ 侈：奢侈，这里作动词用。裳衣：古时上曰衣，下曰裳。

⑥ 壮：堂皇，这里作动词用。

⑦ 隆耳目之观：尽情追逐耳目声色之乐。隆，盛，多，这里作动词用，引申有尽情的意思。观，观赏。

⑧ 嚚：乱，喧哗。

⑨ 不得其所当然：没有得到应有的处理。

⑩ 泽：润泽，引申为陶冶，感化。

⑪ 锢(gù)：禁锢，控制。

⑫ 网：制约，束缚。

⑬ 荡然：形容行为放浪的样子。

⑭ 作：兴起，出现。

⑮ 昧者：愚昧的人。

⑯ 顾：却，反而。

⑰ 恶(wū)：何，哪里。

⑱ 为：因为。

⑲ 去：离。之：往。

⑳ 奚：何，哪里。

㉑ 诬：胡说。

太古，就是远古的意思。作者认为，远古之人与禽兽没有多少不同，经过圣人的教化，才得以区别；而主张复古的人是要人们重新与禽兽为朋。因此,避乱求治在于"当言所以化之之术",即探讨怎样教化人民的方法,而不应该搞复古、倒退,复古的论调是"非愚则诬"。这篇短文批驳复古思想,表达了作者政治革新的要求。议论精悍,文笔雄健,逻辑严密,论证有力,体现出作者锋芒毕露的文风。

原　过

天有过乎？有之，陵历斗蚀①是也。地有过乎？有之，崩弛竭塞②是也。天地举③有过，卒不累覆且载者何④？善复常⑤也。人介⑥乎天地之间，则固不能无过，卒不害⑦圣且贤者何？亦善复常也。故太甲思庸⑧，孔子曰"勿惮改过"⑨，扬雄贵迁善⑩，皆是术⑪也。

予之朋，有过而能悔，悔而能改，人则曰："是向之从事云尔⑫，今从事与向之从事弗类⑬，非其性也，饰表以疑世也⑭。"夫岂知言哉⑮？

天播五行于万灵⑯，人固备而有之。有而不思则失，思而不行则废。一日咎⑰前之非，沛然⑱思而行之，是失而复得，废而复举⑲也。顾⑳曰非其性，是率天下而戕㉑性也。

且如人有财，见篡㉒于盗，已而㉓得之，曰："非夫人之财，向篡于盗矣。"可欤？不可也。财之在己，固不若性之为己有也。财失复得，曰非其财，且不可；性失复得，曰非其性，可乎？

原过

① 陵历斗蚀：冲犯、遭遇、撞击、亏损。作者把日月蚀亏和流星、彗星等天体运行中变异罕见的现象，喻指为天的过失。
② 崩弛竭塞：倒塌、松垮、干涸、阻塞。作者把山崩地裂、江河枯竭堵塞等地表运动的特异现象，喻为地的过失。
③ 举：都。
④ 卒：终于。累：带累。覆载：天覆地载，指天地养育并包容万物。
⑤ 复常：恢复常态。常，指正常的运行规律。
⑥ 介：在两者当中。
⑦ 害：妨碍。
⑧ 太甲：商代国王，汤的嫡长孙。传说太甲即位后，因破坏汤制定的法制，不理国政，被大臣伊尹放逐。三年后，太甲悔过，伊尹迎他复位。思庸：指改过。庸，正常之道。
⑨ 勿惮改过：语出《论语·学而》。原文作"过则勿惮改"。惮，怕。
⑩ 扬雄：字子云，西汉文学家、哲学家、语言学家，蜀郡成都（今属四川）人。早年以作辞赋闻名于世，后悔少作，主张立言应以"五经"为准则，转而研究哲学等，著有《法言》《太玄》等。贵迁善：语出《法言·学行第一》："是以君子贵迁善。迁善也者，圣人之徒与！"迁善，向好的方面转化，即改过。
⑪ 术：方法。
⑫ 向：从前。从事：行事，做事。
⑬ 弗类：不相似。类，相似。

⑭ 饰表：粉饰外表。饰，修饰，粉饰。疑：疑惑，迷惑。
⑮ 夫：指示词，这。知言：有见识的言论。
⑯ 播：撒播。五行：五常，指仁、义、礼、智、信，是儒家推崇的伦理道德规范，也就是人的善性。万灵：指人，人为万物之灵。
⑰ 咎：反省。
⑱ 沛然：原指水势湍急，引申为行动迅速的样子。
⑲ 举：举行，兴起。这里作动词用，与上文"举"作副词用不同。
⑳ 顾：反而，却。
㉑ 戕（qiāng）：伤害，残害。
㉒ 见篡：被夺取。
㉓ 已而：不久。

"原"是论说文的一种，其特点是着重推究阐述事物的本原。《原过》就是一篇探讨人们犯错误根源的短文。作者在文中以天地的变化来说明天地并不是完美无缺的，也会有过失，但这不会妨碍天地化育万物的伟大作用，因为它能自救偏差，恢复常道；生活在天地之间的人们不可能不犯错误，人只要认真改过图新，照样可以成为圣贤。这些观念是对孟子以来儒家"性善论"的发展。

本文在不满三百字的篇幅中，屡次恰当地运用了比喻、排比、设问、反问等多种修辞手段，先立后破，雄辩简洁，气势充畅。

后　记

三十年前,我考上复旦大学中文系古代文学专业硕士研究生,从王水照先生研读唐宋文学。在水照师的指导下,我选取了王安石作为研究课题,在完成论文的同时,我对王安石作品也作了较为深入的解读和精细的考订,得到了水照师的肯定。承蒙水照师的推荐,我承担了三联书店(香港)有限公司和上海古籍出版社联合出版的《王安石散文选》一书的注译工作。经过水照师的审订,此书1990年7月由三联书店(香港)有限公司版出版(1997年4月,上海古籍出版社以《王安石散文选集》之名再版此书)。此后,应出版社之邀,我在二十余年间,又先后编撰出版了《王安石诗文选注》(上海古籍出版社1994年6月版;台湾建宏出版社1996年1月版)、《王安石散文精选》(东方出版中心1998年9月版)、《王安石诗文选评》

(上海古籍出版社2002年12月版)等书,对王安石作品继续作了解读和考订。由上海古籍出版社出版的《王安石诗文选注》和《王安石诗文选评》,分别列入我参与编辑出版的《中国古典文学作品选读》和《新世纪古典文学经典读本》丛书。由东方出版中心出版的《王安石散文精选》,列入王运熙先生主编的《唐宋八大家散文精选丛书》,承担这本书的选注工作也是由水照师推荐的。

回想开始研读王安石作品时,自己年甫弱冠,而今已过知天命之年了,怎不令人感慨万千。限于时间和精力,十年来,除了出版自己的论文集《王安石与北宋文学研究》(复旦大学出版社2002年9月版)和点校出版了《王荆文公诗笺注》(上海古籍出版社2010年6月版)外,在王安石研究方面就没有其他进展了。2009年12月,我离开工作了二十余年的上海古籍出版社,调上海远东出版社主持工作。在上海远东出版社主持工作期间,我继续秉持出版传承文明、传播知识的理念,编辑出版了"远东经典"等丛书,弘扬和普及中国古代及现代有影响的经典作品,为上海远东出版社的品牌建设和事业发展作出了贡献。2013年4月,我调离上海远东出版社,回到上海古籍出版社主持工作。在上海远东出版社工作的时间虽然不长,但印象深刻,这一工作对于我来说是一个锻炼,也是对我的工作能力的挑战和考验。这段工作经历对于我来说将是终生难忘的。我将继续关注并支持上海远东出版社的发展。因此,我乐于加盟"远东经典"的作者队伍,并得到了上海远东出版社同仁的支持。这本《王安石诗词文选注》是在《王安石诗文选注》《王安石诗文选评》两书的基础上修订而成的,包括了两书选注的全部作品,并增加了《王安石散文精选》一书中选注的部分作品,可以说,这本书是我二十余年来选注王安石作品的一个总结,希望能继续得到读者的关注和指正。

高克勤

2013年7月于上海

重版附记:这本十年前出版的小书,有幸得到上海远东出版社的垂青,得以重排新版,并列入该社《中国古典诗词文选注新编丛书》。

近十年来,由于工作和治学重心的转移,限于时间和精力,在王安石研究方面没有新的进展。趁这次重排新版的机会,对注释、说明文字略作订补,特此说明,并希望继续得到读者的关注和指正。

2023年8月于上海